鬼の念仏

中川法夫

目次

笛《ふえ》の音《ね》

東の空がようよう白みはじめるころ、牛車《ぎっしゃ》がひとつ勢多《せた》の長橋《ながはし》にさしかかった。川岸から橋の欄干《らんかん》へ垂れる柳の若葉に触れつつ、車は板橋へ大きな車輪を入れた。が、牛車はそこでぴたりと動きを止めた。

「どうかしたのかえ?」

車の中から、年配らしい女の声がした。しかし牛飼童《うしかいわらわ》はそれに応えず、黒牛の鼻に通した浅黄《あさぎ》の綱を懸命に引っ張っている。橋は川の上にゆるく弧をなしてはいるものの、普段の牛の力からすれば何ほどの傾斜ではない。

「シッ、シッ」

牛の歩みをうながす掛け声が、人影のない明け方の橋の上に響く。

車の一行は、近江《おうみ》の姫君のものだった。その日の夕刻に京の都へ入る予定で、未明に自邸を出立《しゅったつ》した。牛車は網代車《あじろぐるま》。新調したらしく、細割の竹で編んだ車囲いが青くつやつや光っている。簡素だが、屋形の四隅や物見の窓にさりげない趣向がうかがえる。

都へは官道をたどるゆえ危うい目に遭《あ》うおそれは少ないとはいえ、姫君と乳母《めのと》そして牛飼童の主従三人の旅は、無防備であり、いささかわびしい。彼女らとて、できれば他にも供を従えたかったが、新しく車をととのえるのがやっとで、家の暮らし向きからして、それは叶《かな》わないことだった。

姫君の父親はもと近江の国守《くにのかみ》だった。けれど長患いの末に、二年前に他界した。一家は柱を失い、親族にこれといった強い後ろ盾《だて》もなく、しだいしだいにその勢いを失い、家政は傾いていった。行く末を案じ世をはかなんでいた姫君たちの前へ、宮人《みやびと》が現れた。昨年の秋のことである。

「今日の獲物はいかほどでございました」

新しい近江の国の長官である守が、上座《かみざ》の師房《もろふさ》へ酒器を差し出しながらたずねた。

「思いのほか、豊かであった」

そう言って師房は、土器《かわらけ》へ注がれた酒をぐいと飲み干した。

「いやあ、こたびの少将殿には、おそれいりました」

山野でしとめた小鳥の数を競っていた少納言《しょうなごん》が、膝にあてがった両肘をたたんで、頭を下げた。

少将と呼ばれた師房は近衛府《このえふ》、少納言は太政官《だじょうかん》の役所の官人で、位は同じ五位《ごい》であったが、正《しょう》と従《じゅ》の上下がある。加えて、師房は名門である四家《しけ》の流れをくむ藤原氏の嗣子《しし》だった。師房がわずかに年上だったが、二人は気が置けない親しい間柄である。

小鷹《こたか》狩りにさそったのは、師房であった。

「近江へ鶉《うずら》を捕りに行かぬか？」

宮中の気ぶっせいな勤めにいささか倦《う》んでいた少納言は、二つ返事で承《うけたまわ》った。おのおの自慢の隼《はやぶさ》をたずさえた。

「国守の館に泊まることになるゆえ、そのつもりで参られよ」

二人は従者を伴い馬で併走しつつ東海道を下り、逢坂山《おうさかやま》を越えた。鷹狩りの後、二人は近江の守の邸宅に投宿した。そこで、師房たちは国守らの歓待を受けた。

少納言は酒に弱く、もう狩衣《かりぎぬ》の中に顔を埋《うず》めて船を漕《こ》いでいる。

師房は、ひさしぶりの遠出であり、宵《よい》をすこし入った刻限にはやばやと床《とこ》に就くのも無粋であるゆえ、接待に集まってきた地方官たちに都の様子を話したり、彼らから近江の国柄についていろいろたずねたりした。

「ところで、近頃このあたりに何かおもしろいことはござらぬか？」

あまり期待もせず話の接《つ》ぎ穂《ほ》のつもりで、師房が酒宴の席を見渡した。

「おもしろいかどうかは、存じませんが」

下座《しもざ》からそう切り出したのは、次官の介《すけ》だった。

「前の守の姫君が、たいそうなご器量だと、もはらの評判でございます」

師房の酔眼が、大きく見開いた。

「いかほどぞ」

「なでしこのような――」

介が言い終わらないうちに、いささか乱れはじめた宴席のあちらこちらから、

「月影のごとく肌が透き通っていらっしゃるとか」

「たっぷりとした御髪《おぐし》を、青柳《あおやぎ》のように流しておいでであるとか」

「加えて筝《そう》がたいそうお上手でいらっしゃいます」

「父君の服喪《ふくも》の一年と一月《ひとつき》が済むや、姫君に求婚をする男たちがひきもきらぬ有様で」

「さりながら、かたくなな姫君に男どもは長いため息をつくばかり」

など、口々に声をあげた。

翌日都にもどった師房は、少納言には内緒で、近江の姫君のところへさっそくに使いを出し、文《ふみ》を届けた。例の好き心が、おごめき出した。

「あなたを是非に京の都へお迎えしたい」

その返書には、「否《いな》」を婉曲《えんきょく》に詠みこんだ歌が、薄様《うすよう》の紙に墨つきほのかにしたためられていた。しかし、このようなことで引き下がる師房ではなかった。その後も毎日のように相聞《そうもん》の歌を詠み、想いの真実であることを訴える懸想文《けそうぶみ》を送り続けた。

久方の光の添ふるなでしこをけふも長橋ながめ暮らしつ

歌の詠みぶりはともかく、師房は筆まめであった。そのうえ、これと目に留めた相手は、なんとしても我がものにしたいという困った執心が、恋路を遠しとしなかった。暇《いとま》ができると、これまで通っていた都の女たちには目もくれず、近江へ馬を走らせた。

「姫君の顔《かんばせ》をお見せいただけることはご無理でも、せめて簾《すだれ》越しにお声をお聞かせください」

師房は思いあまって母君に懇願した。しかし、その日ものぞみは叶えられず、彼はむなしく都へ引き返した。

師房を見送った姫君の家では、いつものように母君と姫君の乳母が、埒《らち》のあかないやりとりを繰り返した。

「めったに巡り会えない玉の輿《こし》でございますよ」

乳母がじれったさに、衣の袖《そで》を揉《も》んだ。

「ほんに」

母君は、自分に言い聞かせるようにうなずいた。

「けれど、成人のしるしである裳着《もぎ》の儀をすませたとはいえ、姫にはまだまだ幼いところがあります。都人《みやこびと》にまじって暮らしてゆけるものかどうか」

「ご心配はいりませぬ。姫君はなるほど、すこしばかりつつましさが過ぎるところがおありですが、それはご思慮の深いしるし。それに、都に従うわたくしめが片時もお側《そば》を離れず、命に換えても姫君をお守りいたします」

「それでもなんだか、姫にはずいぶん分《ぶん》に過ぎた話のようで……」

「まだ少将さまのお心を疑っておいでございますね、ほんのゆきずりの花心《はなごころ》でいらっしゃると。そのような御方が、どうして野辺《のべ》を分け入り、幾たびも都から草深い田舎へお通いになられましょう。『ねんごろにお世話させてください』とおっしゃる少将さまに、すべてをお委《ゆだ》ねなさいませ」

母君は、乳母の言うことをもっともだと思いつつ、どうにも踏ん切りがつかない。

そんな折、都に住む遠い縁者から、耳を塞《ふさ》ぎたくなるような噂《うわさ》が入った。師房には忍び歩く女《ひと》がいくたりもあるらしい。正妻をもたぬ男の、恋多きことと色事に身をやつすこととは違う。師房はどうやら後の方の御仁《ごじん》らしい。

(やはり)

母君は、早まって判断を誤るところだったと胸を撫《な》で下ろした。

それから間《ま》なくして、師房が姿を見せた。母君はおもて向きは丁重に迎えつつ、心の構えを崩すまいと気を張った。

そのような母君を見すかしたように、師房は眉根《まゆね》を寄せ、憂《うれ》い顔で語り出した。

「人の口さがなさは、悲しゅうございます。おそろしい妬《ねた》みや嫉《そね》みが、根も葉もない噂を立てて、姫君との仲を裂《さ》こうとしているのです。どうぞ、空言《そらごと》に惑わされずに、私のいつわりのない姫君への真心をお受け止めください」

母君の心にかかる雲は、そんなことですっきり払われることはない。しかし、師房が去り際にほのめかしたことばが、母君を動かした。

「小君《こぎみ》はお元気でいらっしゃいますか。玉のようなお子さまだと伺っております。わが藤原家の御養子にお迎えし、ゆくゆくは殿上童《てんじょうわらわ》として、ごいっしょに宮仕えなどできましたら、さぞ愉快でござりましょう」

小君とは、ようやく手習いをはじめたばかりの、姫君と八つばかり歳の離れた弟御《おとうとご》だった。


牛車はまだ、勢多の橋のたもと近くに留まっている。

「シッ、シッ」

牛飼童が繰り返した。だが、黒牛は強情だった。口からよだれを流し、白目をむき、動くまいと四肢《しし》をつっぱっている。綱をにぎる牛飼童の額に汗がにじんでいる。

「石丸《いしまる》の言うことをきかぬとは、めずらしいことよ」

さきほどの女の声が、すこし笑いを含んでいる。

石丸と呼ばれた牛飼童は、亡くなった父君が山家《やまが》から見つけてきた。周りのだれとも口をきこうとしない一風変わった童だった。だんまり坊なので、石丸と名付けられた。石丸は、しかし牛のことばがわかるらしかった。石丸は力を入れることなく牛をしたがえた。牛はこれまで石丸に逆らったことなど一度もない。

石丸はぴんと張った牽《ひ》き綱をゆるめて、一息ついた。その時、板を踏みならす蹄《ひずめ》の音が、橋向こうから聞こえてきた。やがてゆるやかな反《そ》り橋のいただきに馬が現れ、牛車の前で歩みを止めた。黄金《こがね》色にかがやく栗毛《くりげ》から、ひらりと狩衣が飛び下りた。そして、馬にあてがう鞭《むち》を後ろへ回し、腰をかがめた。

「藤原道定《ふじわらのみちさだ》と申します。お迎えにまいりました。京まで案内《あない》させていただきます」

そう名のったのは、師房の異母弟だった。師房と同じ近衛府の役人で、位は兄の一つ下の将監《しょうげん》である。禁裏《きんり》を護《まも》り天皇の行幸に従う武官だけあって、りゅうとした男ぶりだったが、簾越しの牛車の女人方には、その姿ははっきり見えなかった。若くてさわやかなあいさつに、あわてて乳母が礼を述べた。逢坂関《おうさかのせき》での迎えと聞いていた乳母は、師房のおもんぱかりの深さをありがたく思った。

道定をふたたび背にのせた栗毛が牛に向かい、前脚の蹄で橋板を掻《か》いた。道定が手綱《たづな》を引いて馬の頭を都の方へ向けると、むずかっていた黒牛がおとなしくそれに従った。

橋を渡ると、まっすぐな浜路がつづく。汀《なぎさ》に打ち寄せるさざ波。湖の沖から吹いてくる春の風。そして、牛車をみちびく栗毛の並足《なみあし》。姫君と乳母はこの門出が祝福されているという幸せな気持ちに満たされつつ、車に揺られていった。

湖岸をはなれ、国境《くにざかい》へ向かう道をとると、行路は急に険しくなった。時間をかけて坂道を歩一歩《ほいっぽ》のぼっていく。馬が牛をはげました。牛が重い足取りながら、辛抱強くそれに応えた。峠の逢坂関に着いたのは、午《ひる》を過ぎたころだった。脇道へ入り山陰《やまかげ》の小滝で、道定が馬の脚を冷やした。石丸が岩清水を汲んで牛に与えた。一休みを終えて一行が街道へ動き出そうとすると、騎馬の先払《さきばら》いが蹄の音高くやってきた。あとに女車《おんなぐるま》が三つばかり連なり、その両側に、徒《かち》にて弓矢を持った男たちや壺装束《つぼしょうぞく》の女たちが従っていた。牛車の一つは、赤や紫のより糸で覆い紋をちらした糸毛《いとげ》の車であった。総勢、二十人ほどの一行である。姫君たちはあわててもとの脇道の奥へもどり、場所をゆずった。

休息を告げた先払いが、身をひるがえし馬から下りた。それを合図に、牛飼童たちが「おー」と掛け声をそろえ、牛を止めた。牛たちは美しい黄牛《あめうし》ばかりだった。

（どなた様の御一行かしら）

乳母は網代車の中に姫君とひかえながら、外のにぎやかな様子からずいぶん身分の高い方の道行《みちゆき》だと思った。

先払いの男が路傍の杉の木に馬をつないでいる時だった。

「ひえぇー」

峠に悲鳴が上がった。道定が木の間越しに街道の方を見ると、糸毛車の黄牛が後ろ脚を跳ね上げていた。その脚に青大将が巻きついている。牛が臀部《でんぶ》にはい上がる蛇を振り落とそうと、駆け出した。必死に止める牛飼童がまるで紙人形のようにはじき飛ばされた。牛は火焔《かえん》の息を吐き出し、突っ走る。車箱《くるまばこ》がゆがみ、後ろの簾が空へ吹き上がる。その下から、長い髪を乱し振り落とされまいと車にしがみついている女たちが見えた。牛の暴走のすぐ先に、湖への下り坂が待っている。あわてふためき牛車の後を追う人々のだれもが、車が大破する光景を思い描き目をおおった。その瞬間、小さな黒い影が牛車の後部へ跳びついた。石丸だった。屋形に消えた童は、再び前垂れの簾から姿を見せると、ためらわず牛と車をつなぐ轅《ながえ》の上を走り、蛇をはがし、体を投げ出して牛の首に抱きついた。呪法《じゅほう》をかけられたように牛がおとなしくなった。それは、遠目には牛の首をかかえる童が、その耳に何かささやいたように映った。

糸毛の車の主は左大臣の姫君で、それは母君の病気平癒《へいゆ》の祈願のために近江の石山寺《いしやまでら》へ籠もる道中の出来事だった。

近江の姫君の一行は、土ぼこりに汚れた旅姿をはばかり、日暮れを待って京の都へ入った。鴨《かも》川に架かる五条の橋を渡っていると、夕焼けの空の下で鐘の音が大きく響いた。

「清水寺《きよみずでら》の入相《いりあい》の鐘でございます」

馬上の道定が、問わず語りに牛車へ伝えた。

橋を渡りしばらく進むと、目的の地に着いた。師房が近江の姫君のために用意していたのは、五条富《とみのこう》小路《じ》にあった父大納言の別邸であった。今はほとんど使われておらず、ときたま障《さわ》りのある方角を避けるための方違《かたたが》えの仮宿《かりやど》として主が立ち寄る程度で、下仕《しもづか》えの男と古女房が留守をあずかっている。姫君を迎えるにあたって、師房は築地《ついじ》のやぶれをつくろい、庭の木立《こだち》を剪《き》りそろえ、部屋の調度を新しくととのえた。

牛車は、門をくぐり邸の廊《ろう》に車の後部を寄せた。下馬した道定が車の脇にひかえ、車箱から乳母にみちびかれて降りる姫君を腰を低くして待っていた。乳母に手を引かれて山吹色を重ねた衣があらわれ、くずれるように廊へ身を移した。甘やかな香りがして、道定がそっと頭をあげた。顔をおおう袖の陰から、額や目もとにほのかな美しさが漂っているのが見えた。姫君はつややかな髪を後ろへ長く引きながら、室内に姿を消した。道定はしばらく呆《ほう》けたように庭の砂に両膝をついていた。

姫君が京に着いたその夜、師房は五条の別邸へ忍んできた。別れの朝の後朝《きぬぎぬ》は、一番鶏《どり》が鳴く前に男が女のもとから帰っていくならわしであったが、夜が明けても師房は姫君のそばを離れようとしなかった。乳母はいつまでも閨《ねや》から姫君が起きてこないのを心配したが、その一方で師房との契《ちぎ》りがひととおりでないことを喜んだ。日が高く昇るころになって、師房はようやく自邸へ帰っていった。かと思うとその日、宵《よい》を待たずにあらわれ、牛車を降りるとすり足せわしく廊を渡り姫君の部屋へすべり込んだ。

「あなたのようなお方が、どうしてこれまで私の目から隠れていたのです」

「そのようにはにかまないで、もそっと顔を見せてくださいな」

「二人が結ばれたのは、きっと前《さき》の世からの約束事だったのですよ」

師房の閨での語らいは、いつまでも尽きなかった。

別邸のあるあたりは、都の内とはいえ内裏《だいり》から遠く離れていて人家がまばらであった。築地をめぐらしているのはごくまれで、ほとんどが形ばかりの生け垣で隣家との境をつくっていた。なかには、板で屋根を葺《ふ》きその上に丸石をのせている家も見受けられた。西山に日が落ちると、あたりはしんと静まりかえり、近くを流れる鴨川の瀬音が聞こえてきた。

夜はむろん、昼のあいだとて物騒な界隈《かいわい》であった。こっそり夜ばいしてくる色好みや、姫君を盗み出す不届き者があらわれぬともかぎらない。気が気でない師房は、自分が訪れないうちは母屋《もや》を囲む蔀《しとみ》を下ろし、四隅の妻戸《つまど》のかぎを固く閉ざしておくよう、姫君の側に仕える乳母に言いつけた。

「よいな、合図は二つ。用心、ゆめゆめ怠りなく」

合図とは、扇《おうぎ》を手の平へ打ちつけることであり、母屋の前で二度それが鳴れば自分の訪れの証。それ以外は決して妻戸のかぎを外してはならぬと、師房は念を押した。

さらに、下仕えの男を呼び、夜のあいだ欠かさず庭に篝火《かがりび》を焚《た》くよう命じた。

しかし、姫君へのそのようなひたぶる心を、師房は思い通りにはできなかった。近衛府の少将として宮中を守護する大切な役目があった。その日も、宮中に泊まって夜の警備をする宿直《とのい》があり、五条の別邸へ通うことはできなかった。師房は寝殿《しんでん》のひさしにかかる月を仰いで、その朝姫君と別れる時言い交わしたことばを思い出していた。

「きっと今夜の月をご覧になってください。禁中《きんちゅう》にとらわれの身であっても、月の面《おもて》を鏡にして写るあなたの姿をながめつつ、長い夜をすごしましょう」

師房は、空に浮かぶ月の面に雲がかかるたび、吐息をついた。

「少将殿」

そう呼ばれて師房はうつけた顔を、あわてて官人の顔にもどした。声を掛けたのは、同じくその夜宿直を仰せつかった少納言であった。

「魂を五条のあたりへ忘れてこられたようですね」

少納言が近江の姫君のことをほのめかしているのだと想いながら、師房はとぼけた。

「少将殿は狡《ずる》うございます。鷹狩りだとさそっておいて麻呂《まろ》をおだましになり、あやなす紅葉《もみじ》狩りにでかけられたとは」

それは違うと師房は打ち消したかったが、こちらの言い分を素直に聞き入れる相手ではない。師房は黙っていた。

「鄙《ひな》にはまれな姫君だとか。一度お姿を拝まさせていただきたいものですね」

色好みにかけては、師房におくれをとることのない男だけに、しつこい。師房は相手の矛先《ほこさき》をよそへ向けるため、宮仕えをするだれもが関心を寄せる話題を持ち出した。

「わが父君が、あなたの恪勤《かっきん》ぶりをたいそう褒《ほ》めておいででしたよ。今年の除目《じもく》には、ひときざみ位を上げられることは必定《ひつじょう》でしょうぞ」

と、むりやりに話を秋に行われる人事の方へもっていった。師房の父親は太政官の大納言であり、少納言の上司でもあった。案《あん》の定《じょう》、少納言が膝を乗り出してきた。

「早くから、いろいろ働きかけを行っている出世欲の強い輩《やから》がおりますからね。皇族や大臣方の縁故にうすい麻呂には、昇進はなかなかむずかしゅうございます。その点、少将殿は強い後ろ盾があって行く末がたのもしく、おうらやましいかぎりでございます」

少納言のうらやみとは裏腹に、師房には気がかりなことがあった。たしかに父親は大納言という顕官《けんかん》であったが、自分より異母弟《いぼてい》の道定に期待を寄せているらしい。弟の母方が宮家の流れを汲んでいることもあるが、道定のまめやかな人柄が、父親をはじめ大臣方のおぼえをめでたくしている。

（道定が自分より高みの位にのぼる）

そう考えると胸が苦しく、いてもたってもいられなくなる。それだけはなんとしても避けなければと思いつつ過ごしているくせに、師房は与えられた役目に専心する気には乏しく、あいもかわらず好き心に身をやつしていた。

乳母は、都に来てめったに外出《そとで》をすることなく屋敷の内に籠りがちな姫君のために、話し相手がほしいと考えた。師房との交わりにこたえる姫君が、すこしずつ暗くなっていくのが気に掛かる。別邸にもとからいる古女房を話し相手にするには、姫君と歳が離れすぎている。それに、彼女はどこか気の許せないところがある。うわべはかしこまっているようだけれど、自分たちを田舎人《びと》だと蔑《さげす》んでいるふうであり、ふとした仕草や言葉のはしばしにそれが覗く。

そんなある日、市女《いちめ》が女《め》の童をつれて来た。市女は乳母が京に落ち着いて最初に親しくなった物売りで、口入れ屋も兼ねていた。少女の素直で行儀がよいところが、乳母の心にかなった。少女が紅くつやつやと丸みのある顔をしていたので、乳母は「ほおずき」と名付けた。

ほおずきを得て、姫君は生来のくったくのなさを取り戻し、すこやかに成熟していった。その様子に、乳母は近江の母君へ「ご安堵《あんど》ください」との消息文を届けた。「近いうちに、小君の御養子のことも持ち上がってまいることでしょう」。勇み足ながら、乳母はそう手紙の末尾に書きそえた。

(姫君のしあわせがいついつまでも続きますように)

乳母はそのように願わずにはいられない。さいわい霊験《れいげん》あらたかと伝え聞く清水寺がすぐ近くにある。夜更けに別邸から寺のある東山の方を見ると、参籠《さんろう》している人々の明かりがちらちら眺められた。乳母は月の朔日《ついたち》には清水寺へお詣りに行くことにした。

五条の橋を渡ると、目の前の山腹《さんぷく》に清水寺が建っている。乳母は朝の早いうちに牛飼童の石丸を伴って、寺への急な坂を登った。参拝をすませ、清水の舞台から都のにぎわいを見下ろしていると、いかつい風貌《ふうぼう》をした下人《しもびと》が乳母へ声を掛けてきた。その男は奇《く》しくも逢坂関で出会った糸毛車の牛飼童だった。童といっても子どものように垂れ髪をしているだけで、初老の男であった。母君の病気の快方を観音様に念じるため寺にお籠りしている姫君に付き従って来たと言い、「犬丸《いぬまる》」と名のった。犬丸は乳母へ逢坂関での礼をあらためて申し述べ、脇にひかえる石丸の頭をなでた。

「住まいはどこぞ?」

石丸は黙したまま怖い顔をして犬丸をにらんだ。乳母が舞台の欄干から、五条富小路の邸を指さした。屋敷林をもった邸は川堤《かわづつみ》の近いところに、築地をめぐらしている。翌日、近江の姫君のもとへ、糸毛車の主からもったいないほどの衣装や夜具が届いた。

その後もときたまであったが、乳母たちは清水寺で犬丸といっしょになった。犬丸はそのたび乾した杏《あんず》などを石丸の手に握らせた。返事もお礼も言わないばかりか一言も口をきこうとしない石丸にあきれながらも、犬丸はよく清水寺に伝わる不思議な験《しるし》を聞かせてやった。そして、話のしめくくりにはいつも教訓めいたことを付け加えた。

「ほれ、見てみろ。都はこのように盛んでにぎやかだ。人々が、つてを頼って地方からのぼって来る。あこがれをいだき、ゆたかさを求めて集まって来る。たしかにここには華やかさがある。富がある。しかし、しあわせがあるとは限らぬ。光がまぶしいぶん、影が濃い。都は暮らしていくには思いのほか辛《つら》いところかも知れぬ。それゆえ、こうして観音様がおいでになるのじゃ」

犬丸がしゃべりおえてそっちのほうを振り返ると、きまって石丸はいつの間にかそこにはいなかった。


月の美しい秋になった。

その日はちょうど十五夜の望《もち》だった。人ばかりか、けものや虫さえもそぞろ心が浮かれる満月の夜だった。道定も容易に寝つかれそうもなかった。寝衣を狩衣に着替えると、下男に厩《うまや》から栗毛を引き出させた。従者を拒みどこへ行くあてもなく、邸宅のある小路から朱雀大路《すざくおおじ》へ出た。月の光を浴びた大路が、まるで白絹をひろげたように羅城門《らじょうもん》の方へ延びている。女のもとへ忍んでいくのだろう、牛車が路肩伝いをひそやかに進んでいく。空《から》になった竹籠を積んで家路を急ぐ荷車が、勢いよく小石をはじき飛ばしていく。さすがに女の行き交う姿はなかったが、いくたりかの男たちが黒い影を地面に落として大道をのぼりくだりしている。

馬にまかせ五条大路と交わるところまで来ると、道定の手綱が我知らず左へ引き絞られた。馬は鴨川へ向かって五条大路をまっすぐ東へ進んだ。それでも、彼の中ではいまだはっきりした行く先は定まっていなかった。道定はつれづれに馬上にて腰に差した横笛を抜き、唇にあてた。高く濁りのない音色《ねいろ》が、満月の空へ澄みのぼっていく。この季節に似つかわしい笛の調子にさそわれてか、大路沿いに立ち並ぶ家々に、ぽつりぽつりと灯《ひ》がともる。蔀を上げる音がする。横笛の名手できこえる道定が、寝入りばなの人たちを起こしたらしい。そうとは知らず、道定は月光を浴びつつ、何かに憑《つ》かれたように笛を奏でていった。やがて家並みの間に空き地が目立ちはじめた。見覚えのある築地の前に来て道定は、はっと我に返った。そこはまぎれもなく近江の姫君の住まいであった。

　道定は笛から形のよい唇を離した。そして笛を振り唾《つばき》を払うと、もとの腰に差し戻した。馬の鞍の上から、築地越しに邸内の様子が眺められた。こうこうと照る月の光が、屋敷や庭を隈《くま》なく照らし出していた。かすかに衣《きぬ》ずれの音がして、母屋の中から縁の簀子《すのこ》へ直衣《のうし》が現れた。兄の師房だった。月影にまぶしげに目をほそめる師房がおもむろに振り返り、奥の暗がりに向かって手招いた。そこから簀子にさす月の光の中へ、はにかむように黒髪がすべり出てきた。近江の姫君だった。道定は、庭にそびえる榎《えのき》の陰に馬を移して、木の間がくれにのぞき見をつづけた。

　師房は、烏帽子《えぼし》がすこし傾き衣の胸元が乱れていることを気に掛ける様子もなく、姿勢を崩してくつろいでいる。その師房へ身をあずけ、黄色の生絹《すずし》の単衣《ひとえ》に薄紫の裳をつけた姫君が、扇で顔をおおっている。長くつややかな髪が衣から簀子の上へこぼれている。

夜風にのって、師房の衣にたきしめた香りが漂ってくる。(兄君のお好きな「百歩香《ひゃくぶこう》」だ)と、道定はふだんの匂いに親しみながら、その奥のあやしの香に心をうちふるわせた。それはあの春の日、近江から京への旅路の末にこの別邸にたどり着き、牛車を降りる姫君から立ちのぼった甘やかな匂いだった。

月明かりに照らされた二人の姿は、絵巻の中の恋人たちのように美しかった。とりわけ扇の陰からときおり覗く姫君の横顔は、あえかに麗《うるわ》しく、道定は馬上でため息をついた。

「簀子に出て、美しい笛の音に二人して耳を傾けようと思いましたのに、笛の名手はいずこかへ立ち去ってしまったようです。長く月の顔ばかりを見ているのは不吉だといいます。それに、あらわになった私たちを、だれかが透《す》き見《み》していないともかぎりません」

その師房の声に、道定はあわてて馬の鞍へ身を低くした。

「さあ、月の世界へ連れ去られないうちに、寝屋《ねや》へもどりましょう」

妻戸が閉まり、掛け金が下ろされる音がした。道定がふたたび半身を起こすと、月の光が人影の消えた簀子を水のように濡らしていた。庭にはうるさいほどに虫がすだいていたことに、道定はその時はじめて気付いた。

任官を行う秋の除目があった。異母弟の道定が昇進した。兄の師房は、自分にも朝廷《おおやけ》から使者がよい知らせをもって来るものと心待ちにしていた。だが、いくら待っても師房には沙汰がなかった。友人の少納言もかねてのぞみの位につけなかったらしい。が、それは師房にとって何の慰めにもならなかった。宮中からもどってきた父の大納言に、師房は自分が高位への任官に漏れたのは何かの間違いではないのかと詰め寄った。「今日はくたびれておるゆえ、その話は後日」と遠ざけられた。まんじりともできない夜を過ごし、師房は朝の早くに父親の部屋をたずねた。「これから大切な客《まろうど》を迎えるというに」と露《あら》わに不機嫌な顔をされた。とりつく島もなかった。師房は悶々《もんもん》とした日を過ごした。五条の別邸へ通う気も失せてしまうほど、傍目《はため》から見ても師房の落胆ぶりはいちじるしかった。

そんな師房のところへ思いがけない話が舞い込んだのは、それからいくばくもたたない日のことだった。

ぱったりと師房の訪れが途絶え、乳母は首をかしげた。あのように足繁く通ってきた師房の身に何か不測のことが起きたのでは、鬼の霍乱《かくらん》で病《いたずき》に苦しんでいるのでは、と気をもんだ。けれど姫君はというと、夫《つま》の姿が見えないことを気にもとめていない様子で、ほおずきを相手に貝合わせなどに興じている。二十日余りというもの、師房から何の知らせもない。もどかしく、乳母は思いあまって姫君を遠慮がちにいさめた。

「わずらわしいほどにお方を慕いつきまとうのはお控えになるべきでしょうが、ときには、すねてみたり、うらみごとを言ってみたりするのは、かえって殿御《とのご》にいとしく思われるものです。斧の柄が朽ちるほど長く待っているのもいかがなものでしょう。師房殿は病に伏せておいでかも知れません。一筆《いっぴつ》まいらせなさいませ」

そう言うと、乳母は筆と硯《すずり》を姫君の前へ差し出した。しばらくして、待ち望んでいた師房からの返しがあった。

「近ごろ公事《くじ》まことに多く、おまけに宿直つづき。宮仕えの身は、どうにもままなりません。暇《いとま》ができるまで、いましばらくお待ちください。辛い思いをしているのは貴女《あなた》ばかりではないことを、どうぞお忘れにならないでください」

しかし、師房はいっこうに姿を見せなかった。乳母は、別邸に昔から仕えている古女房の陰険な目が気になった。何か事情を知っているらしい。態度がしだいしだいに横柄になってくる。乳母は、都の内を商いにまわる例の市女に、師房の周辺を探ってもらうことにした。

数日後、市女が都の貴人たちの間で拡がる噂話をもってきた。師房が正夫人をめとるらしい。相手は、近衛府の大将の二番目の姫の「中《なか》の君《きみ》」だという。大将といえば近衛府の長官。師房の上司で、彼の父親と同じ三位《さんみ》である。それを耳にした乳母は、奈落の底へ突き落とされたように、心の中で叫び声をあげ、市女の前で例になく取り乱してしまった。

「近衛府での勤めはどうじゃ」

父親から師房に声を掛けてくるのは、めずらしかった。大将の中の君との婚姻が首尾よくまとまってからというもの、父親は師房にやさしくなった。

「わが藤原家と大将殿の源家が縁を結べば、権門ゆるぎなく、まことにめでたい。師走には、朝廷から吉《よ》き知らせがあろうぞ」

師走の知らせとは、十二月の追儺《ついな》の除目のことで、秋の人事に漏れた者への加階が行われた。

「ありがたき、幸せに、ござります」

師房は父親にこびるように、大仰《おおぎょう》に謝意を述べた。

「じゃが」

父親はえびす顔を消して、いつもの鋭い眼差しで息子をにらんだ。

「ちと浮かれ歩きが過ぎておるようだな」

師房は身を固くした。

「女のもとへ通うたびに、いくらぜいたくな百歩香とやらを衣にたきしめても、体にしみついた田舎のにおいがぷんと鼻につく」

父親が何のことを言っているのか咄嗟《とっさ》にははかりかね、師房はいそがしくあれこれ思いをめぐらし、はたと近江の姫君との仲に行き当たった。

「大将殿の中の君がもっともお憎みになる臭さよ」

遠回しながら父親は、近江の姫君との関係を絶つよう迫った。

「承知いたしております」

師房はためらうことなく、きっぱり応えた。


京の都を囲む山々が紅葉し、やがてはらはら葉を落とす季節になった。しかし、師房は五条の邸に姿を見せなかった。

乳母は、師房が大将の中の君と結ばれたことに激しく打ちのめされたが、気持ちが落ち着いてくると、師房の情愛をひとりじめにするというのは、思い上がりではないかと考え直すようになった。情けを受ける女人のひとりとして、師房に大切に囲われていることこそ、鄙育ちの姫君の身丈《みたけ》にあった運命《さだめ》ではないかと思い返した。姫君の方に、相手に隔て心をいだかせる咎《とが》があるとは思われなかった。ひいき目でなくとも、師房と情を交わすようになって、姫君には清らかさに加えほのかな色香が身に添いはじめている。

今は大将殿の中の君との新婚の生活でままならぬとも、そのうちにきっと通っておいでになる、との心当てを失わず姫君たちは師房の足音に耳をすましていた。けれど、いくら待っても師房の訪れがないばかりか、こちらからの手紙に返事さえ寄こさなくなった。

永い夜離《よが》れに、さすがに姫君も物思いにふけって、近ごろは母屋の端《はし》近くに出て師房の館の方をながめ涙ぐんでいる。その姿が、乳母の目には哀しくそしてこのうえなく美しく映った。同じ女の身ながら、思わず見ほれてしまう。このような女《ひと》をさびしがらせる男の心というものが、乳母にはさっぱりわからなくなった。

ある日の夜明け方、乳母が添い寝をする姫君の側を離れ母屋から簀子へいざり出ようとすると、銀の糸が行く手を阻《はば》んだ。

（ささがに〈蜘蛛《くも》〉ね。今日あたり、あの方がお見えになるかもしれない）

乳母はひそかに胸をときめかせた。ささがにが巣を張るときは親しい人が訪問してくるという言い伝えがあった。その吉き兆しがふっつり切れてしまわないよう、乳母は朝風にふくらむ蜘蛛の囲《い》の下へ身をかがめた。

その日五条の屋敷を訪ねてきたのは、師房ではなく乳母の姪であった。姪は、母親の病気の快方を願って清水寺へお参りに来ていて、長岡京へもどる帰り道に立ち寄ったのだった。母親というのは乳母の兄の妻女で、姪の話によると重篤《じゅうとく》らしい。乳母は、兄にも兄嫁にも長い間ご無沙汰をしているこの機会に、二人を訪ねてみようと思った。兄嫁には見舞いに、地方官を務める兄には師房の無音《ぶいん》の相談に。長岡京は前の都のあったところで京からはほど近く、乳母はほおずきに姫の身辺を託し一泊の予定で出掛けた。

朝早く、乳母はひとり旧都の長岡へ発った。

それと行き違いに師房から使いがやって来て、今夕姫君のもとを訪れるとの知らせを伝えた。普段外出に用いている車に故障が生じた。ついては、牛車を大納言邸へ差し向けよとのことであった。

石丸は井戸水で黒牛の躰《からだ》を念入りに洗い、車を磨き上げ、午《ひる》すぎるころには大納言邸へおもむいた。そして石丸は、お呼びがあるまで車宿《くるまやど》りにひかえていた。牛車を台座にすえた脇で、大納言邸に仕える牛飼童たちが双六《すごろく》に興じていたが、石丸は口を閉ざし、牛の側をじっと動かずにいた。家司《けいし》の命を受けた下男があらわれ、庭園の池へ流れ入る小川に落ち葉が溜まり、遣《や》り水がとどこおっているゆえ取り除くよう言いつけた。牛飼童たちが、石丸の方を見てあごをしゃくった。石丸は水の取り入れ口のある築地の裾から、小川沿いに素手で落ち葉をつかみ出していった。川は寝殿と対《たい》の屋《や》の二つの建物をつなぐ渡殿《わたどの》の下をくぐり、池へ落ちていた。その渡殿は透渡殿《すきわたどの》と呼ばれるもので片側に部屋はなく、弓形の小橋になっていた。石丸が渡殿へもぐって紅葉を拾い上げていると、橋の上でひそひそ話す人の声がした。

「少将殿、ほんとうに大丈夫でございますか？」

「心配無用。少納言は思いのほか小心者でござるよの」

「別邸の家人どもに、気取《けど》られはしませぬか？」

「五条の別邸からひそかに知らせが入った。姫君の乳母は旅先におり、今宵《こよい》は戻りはせぬ。下人どもは全てを心得ておるゆえ、案じなさるな」

「面を見られまいように、かように袖をかざし……」

「なんの、このような曇りの空では屋敷に月の光はさし入るまい。そのうえ庭ではとっくに篝火を焚くことをやめており、鼻をつままれても、分かりはしないだろうよ」

「合図はたしか二つでしたね」

「そう、扇を母屋の前で二度鳴らす」

「そして百歩香……」

「これから麻呂の部屋にて、直衣にたっぷりたきしめてもらいましょう。百歩離れたところまで届くという香りは、今日のように湿った夜にはいっそうその働きをしてくれようぞ」

「ほんとうに、よろしいのでございますか？」

「くどい」

「あれほどお慈《いつく》しみになられていたなでしこを、手折《たお》っておしまいになろうとは」

「さらば、今宵の内緒事《ないしょごと》はなかったことに！」

師房は、少納言の非難がましい言いぶりにいらだち、語気をあらげて小橋の板をどんと踏みつけた。橋の下の石丸が、びくりと体をちぢめた。

「いや、それは。少将殿、意地が悪うございます」

「では、計画《かま》えたように」

そう言い捨てて歩み出した師房を追って、小走りの足音が対の屋の方へ遠ざかっていった。


雨模様の宵だった。石丸の牽く牛車が大納言邸を出て五条の屋敷に着くころ、雨粒が落ちてきて車の屋形をたたいた。

古女房の差配《さはい》で、車はそのまま門を入り母屋のある庭へ導かれた。牛車の後部から直接簀子の廊へ降りた直衣から、芳しい匂いがあたりに拡がった。

「お越しになられたようでございます」

母屋の中で姫君の側に仕えているほおずきが、そうささやいた。と突如、石丸がおさえていた牛の鼻面を離し走り出した。牛がおどろき前へ踏み出した。縁に寄せた牛車がぐらりと揺れた。石丸はかまわず簀子へのぼる階《きざはし》を駆け上がろうとした。

「この痴《し》れ者が！」

下仕えの男が石丸を取り押さえた。それでも石丸は必死の形相《ぎょうそう》で簀子へのぼろうとした。男は、階にしがみつきけもののように唸っている石丸をはがし、首根っこをわしづかみにして庭から引きずり出した。庭を囲む透垣《すいがい》の向こうで、はげしく打ち付ける牛の鞭《むち》の音が聞こえてきた。

外の騒ぎに母屋の内側で警戒心が生まれ、小腰をあげかけた恰好《かっこう》でほおずきが姫君の前で両の手を拡げた。

思わぬ事のなりゆきに、直衣がしばし乱れた心をととのえた。そして身づくろいをして、やおら妻戸の前に立った。

扇を手の平へ打ち当てる音が、二度響いた。

ほっと息をついたほおずきが膝頭《ひざがしら》で部屋の戸口へ進み、妻戸の掛け金をはずした。と同時に、直衣がそのほおずきを突き飛ばさんばかりの勢いで、部屋へ入り込んできた。

ほおずきは、そっと部屋をすべり出て、外側から諸手《もろて》をそろえて妻戸を閉ざした。

直衣は寝所の隅に据えられていた高灯台《たかとうだい》へ近づくと、袖をひるがえし、その灯を消した。

闇の中に男のあらい息づかいが、大きく聞こえてきた。姫君はおびえるように後じさりした。その衣《きぬ》ずれを追う息づかいが、几帳《きちょう》を倒し、姫君の裳裾《もすそ》をつかまえた。（ちがう）と感じつつ、姫君はわなわな震えるばかりで、大声を立てることもできない。直衣が無言のまま体を重ねてきた。(ちがう)。姫君は、今はっきりそのことを悟った。その力に抗《あらが》うことをあきらめた姫君が、下紐《したひも》を解こうとする手を押さえ、あなたはどなたですと、消え入るようにたずねた。直衣は黙っている。

「ご承知なのですね、あの方は」

声をおしころしつつも、姫君はしっかりした声で言った。直衣は暫時《ざんじ》動きを止めた。が、次の瞬間狂ったように姫君へ体を押しつけてきた。

「酷《むご》い」

長岡京からもどって来た乳母が事の真相を知って、そう呻《うめ》いた。乳母は留守をしたばっかりに取り返しのつかない事態をまねいてしまったことに、自分を責めさいなんだ。姫君の母上を裏切ってしまったことへの罪の重さにもだえ苦しんだ。乳母は古女房を呼び師房あての文をことづけた。それには『憂きものは人の心』とのみ綴られていた。そして乳母は五条の屋敷から姿を消した。その三日後、鴨川の川下の瀬に白装束の女の溺死体《できしたい》が流れ着いた。女は衣の裾が乱れないよう、両足を荒縄で縛っていた。川辺に住む漁夫が棹《さお》で仏を流れの急な川中へ押しやった。

それから間《ま》なくして、童が清水寺の舞台から深い谷へ身を投げた。石丸だった。さいわい一命はとりとめた。葉の散り残る楓《かえで》の枝が石丸の体を受けとめ、紅葉とともに彼を斜面へ落とした。

「何があったか知らぬが、早まったことをしおって」

石丸は気が遠くなっていく中で、誰かがそう言っているのを耳にした。

石丸は屋敷の下男小屋で意識を取り戻した。その時はじめて彼は、片目と片足の自由を失っていることを知った。


底冷えのする京の冬になった。

去年《こぞ》の春五条の別邸に新しく雇われた使用人たちが一人、二人と暇を申し出、去っていった。屋敷には姫君とほおずき、元から別邸に留守居役でいる古女房と下仕えの男、そして重い傷を負った石丸が残った。

師房の世話をあてにできない屋敷では、凍《い》てつくような朝を迎えても、暖をとる炭櫃《すびつ》の火も消えがちであった。夜になると、手入れの行き届かぬ屋敷林でふくろうが鳴いた。それでも、姫君は近江への帰郷を春の訪れまで待つことにした。

牛車で雪の降り積もる逢坂山を越えることは難しかった。それに、消息を絶った乳母がもどってくるかもしれないというのぞみを失いたくなかった。そして、牛飼童の石丸の傷が癒《い》えるのを待ってやらねばならなかった。けれど、姫君にはもう一つ都を去ることができない大きな理由《わけ》があった。それはあの師房を待ち明かすことではなかった。そのことは宿世《すくせ》つたなき我が身ゆえとあきらめていた。姫君はたった一行《ひとくだり》の文であっても師房のことばがほしかった。たとえそれが氷のように冷たいものであっても、そこから歩み出せそうな気がした。

ようやく、つらく長い冬が過ぎ去ろうとしていた。しかし、師房からは何の音沙汰もなかった。そして、乳母は依然行方が分からないままだった。

早春の朝まだき、姫君をのせた牛車が五条の屋敷の門を出た。背後で、門扉《もんぴ》を手荒く閉ざす音がした。牛車には牛飼童の石丸のほかに、ほおずきが従った。ほおずきは父母のもとへ帰るようさとされたが、近江までとは言わないけれどせめて都のはずれまで見送りたい、といって聞かなかった。

牛車は、鴨川を渡り京を後にした。けれど、ほおずきは車のそばを離れようとしなかった。逢坂山への上り坂は、足の不自由な石丸にとってつらいものだった。余りの痛みに石丸が顔をゆがめると、黒牛はそれを思いやるように脚を止めた。

逢坂関で姫君はほおずきを牛車の近くに呼んだ。そして、簾越しにねぎらいのことばを掛け、その裾からほおずきへ身にまとっていた袿《うちき》を与えた。ほおずきは牛車が山陰に見えなくなるまで、峠にじっとたたずんでいた。

牛車が勢多の長橋を渡りはじめるころ、日は山の端《は》に沈みかけようとしていた。季節は都へのぼる一年前と同じ春だった。けれども都から下る牛車の中に、付き人の乳母の姿はなかった。

牛は一日の旅の疲れを知らぬげに、軽やかに橋板を踏みしめてゆく。

橋のなかほどで牛車の中から止まるようにとの声があった。ふたたびこの橋を渡ることはあるまいと思い定めているのか、姫君が物見の窓に近づき、そこから大川とそれにつながる淡海《おうみ》をながめている気配がした。

「雪」

という車箱のつぶやきに石丸が空を見上げると、花びらのような雪が一片《ひとひら》川面《かわも》へ落ちていく。その水面に、橋をくぐり抜けてきた鳥がすべるように現れた。鴛鴦《おしどり》だった。鮮やかな模様をもった雄鳥と雌の鳥が連れだって胸で水を押し、湖の方へ川をさかのぼっていく。石丸は乱暴に牛の手綱を引っ張った。鳥たちが視界から見えなくなると、石丸はようやく手綱をゆるめた。

牛車が橋を渡りきったその時だった。川向こうで馬のいななきとともに、笛の高音《たかね》がした。石丸が片目を対岸へ凝らした。車の中も、あの望月の夜の聞き覚えのある音色に、耳をすませている。どれほどのあいだ牛車はそこにとどまっていたのか、あたりは薄闇の帳《とばり》につつまれ、雪がはげしく降り出していた。しかし空耳だったのか、それっきり笛の音は聞こえてこなかった。

「シッ」

石丸はやさしく牛に声を掛け、その歩みをうながした。

降り積もる春の雪に轍《わだち》を描き、牛車はやがて真っ白な景色の中へ消えていった。

鬼《おに》の念仏《ねんぶつ》

追分《おいわけ》の朝は、京の都からのぼってくる。

都人《みやこびと》がまだ眠りについている時分に旅籠《はたご》を発った早立ちの旅人が、三条大橋をわたり日岡《ひのおか》峠を越えて逢坂山《おうさかやま》への上り坂にさしかかるころ、夏の夜が明ける。

「おお、来なさった来なさった」

追分に茶店を構える伝蔵《でんぞう》が、朝霧の中からあらわれた旅笠を遠目に見下ろし、もみ手をしながら声を弾ませた。

ここ追分は、日本六十余州の東西の境。東海道と伏見《ふしみ》街道の分岐点で、逢坂峠をまたいで幕府直轄《ちょっかつ》の大津領である。

「みぎハ京ミち　ひだりハふしミみち」という石の道標がたっていて、京や西国へ向かう旅人を案内している。早朝伝蔵が迎えるのは、京を出立《しゅったつ》し逢坂山を越え近江に入り、江戸へと向かう人々である。

「ばあさん、湯茶の用意はよいな」

伝蔵は、〝だんご〟と墨書きをした布切れを軒の竹竿に結びつけながら、奥のへっついへ声をかけた。

「あいよ」

たすき掛けのおたつが曲がった腰をのばし、おもての伝蔵へ景気よく応えた。

茶店の隣で仏画を売りはじめた重兵衛《じゅうべえ》も、薄縁《うすべり》を街道へはみださんばかりに拡げて、阿弥陀仏の絵を並べている。重兵衛は、もとは都で本願寺に御縁をいただく仏壇屋の職人をしていたが、世帯をもつときに独立し、追分村に仏具店を開いた。しかし、注文はめったに入らず、不如意《ふにょい》な暮らしを続けていた折、この地で追分絵とも大津絵とも呼ばれる仏画が流行りだした。はっきりした理由はわからない。

切支丹《キリシタン》を厳しく禁じる布令が出され、人々が仏の信者の証に仏画を求めだしたためらしい。型紙を用いる合羽摺《かっぱず》りで、墨の単色、輪郭を描いただけの阿弥陀仏だ。手間をかけずに量産できる。一枚五文《もん》。だんご一串と同じ値段である。それを、衆生《しゅじょう》は家の粗壁《あらかべ》に貼り付けておく。縁者への土産《みやげ》としても手軽で、何枚買おうが嵩張《かさば》らず旅の邪魔にはならない。

重兵衛は、こんなものがほんまに売れるのやろかと半信半疑で店頭に並べてみたところ、一枚また一枚と旅人が手にとっていく。

「おまえさん、きのうにわか雨におうて、おもてに出していた絵をもう少しで台無しにしてしまうところやったに、大丈夫かい？」

妻のおそめが、心配げに谷間の狭い空を仰ぐ。空は雲におおわれ、陽の射してくる気配がない。

「なあに、心配いらんわい。ゆうべ、雲のあいだから星がのぞいておった。それに見てみい、朝霧が出とるやろ。こんな日は、晴れるにきまっとる」

「おとう、こんだけでええか？」

眠そうな声でたずねたのは、笊《ざる》を抱えた男の児だった。笊には小石が入っている。

「おう。風にもっていかれんように、並べた絵の上へそれを。あかん、あかん、よおく拭いてからのせよと、何度いうたらわかるんや。売り物がよごれるやないか」

「ぼうず、また、しかられとるな」

雨戸を開けながらそう言ったのは、道をはさんで竹細工を商う五助爺《ごすけじい》だ。材料は、家の裏手の竹林にたんとある。笊や柄杓《ひしゃく》などをこしらえている。器用で腕の良い職人である。いや、五助爺の隣で草鞋《わらじ》を売るおりくも、なかなかの手の持ち主である。

そのおりくは、今街道の分かれ道に置かれた石地蔵の前に、しゃがんでいる。おりくの横で、図体《ずうたい》の大きな子どもが健気に掌を合わせている。平太《へいた》だ。

「きょうは、父ちゃんの祥月命日《しょうつきめいにち》やさかい、しっかり拝んでおくんやで」

一人息子の平太が、小首を傾《かし》げて母親を見つめる。

「十三年前のきょう、父ちゃんが亡くなったんや」

おりくの夫弥平《やへい》は、慶長二十年（一六一五）のいわゆる大坂夏の陣で命を落とした。

当時、世の中は風雲急を告げていた。徳川方が大坂の城を取り囲み、豊臣方と睨《にら》み合っていた。追分の街道をひっきりなしに槍や鉄砲を担《かつ》いだ軍兵が通った。山津波のような足音や蹄《ひづめ》の音に、追分村の男たちの血が騒いだ。弥平は仲間と一緒に、家の前の街道を急ぐ徳川方の軍馬の後を追った。その年の春、おりくとのあいだに平太を授《さず》かって、弥平ははりきっていた。一儲《ひともう》けしようと、草鞋を肩にしょい込んで大坂へ走った。草鞋といっても、雑兵《ぞうひょう》が履くものではない。軍馬の蹄を護る馬沓《うまぐつ》である。弥平の得意の手業《てわざ》で、沓は戦場でとぶように売れた。売り尽くすたびに、近在の農家から藁《わら》を仕入れた。あたりを飛び交う矢や鉄砲の弾などすこしもこわくなかった。弥平は追分村で待っている妻子をよろこばせたい一心で、軍馬とともに戦場を駆け回った。

そんなある夏の夜、弥平は茶臼山《ちゃうすやま》の樹の間から大坂城に火の手があがるのを遠望した。それが、弥平のこの世の見納めだった。城をうち出た豊臣方との白兵戦にまきこまれた。命と、妻子のために稼いだ銭を失った。生き残った職人仲間がおりくのもとへ届けたのは、弥平の泥にまみれた遺髪だけだった。見おぼえのある縮れ毛の房が、藁しべで括《くく》られてあった。

「あれから、もう十三年たったんやね」

おりくが、しみじみつぶやいた。

（あんたが見守ってくれているおかげで、貧しいながらもどうにか親子二人、こうして息《そく》災《さい》にくらしております)。今度は口に出さず、おりくはこころの中でそう夫に報告した。

「ほな、家にもどって朝ご飯にしようか」

おりくが、まだ固く目をつぶって掌を合わせている平太をうながした。

「お、鬼じゃ!」

分かれ道をすこし下った掘っ立て小屋で、だみ声があがった。山駕籠《かご》舁《か》きの権左《ごんざ》の寝言だ。どの家も目を覚ましてせっせと働き出している追分村で、まだ寝穢《ねぎたな》く筵《むしろ》に酒臭い体を横たえている。

平太が歯を剥《む》き出しにして、掘っ立て小屋を睨《にら》んだ。おりくが、平太の着物の袖を引っ張って、低く唸《うな》る我が子をひきずるようにして家へ連れ帰った。

権左は、権八《ごんぱち》と組んで山駕籠舁きをやっている。二人とも、とうに中年を過ぎているが、筋骨はたくましく脂ぎった面構《つらがま》えをしている。関東からの流れ者である。賭場《とば》で不始末をしでかし江戸を追われるように飛び出した。二人が、ここに住みついたのはそう遠い昔ではない。戦《いくさ》に明け暮れた時代がようやく終わり、人々が東へ西へと旅に出始めたころ、二人は追分村に掘っ立て小屋をこしらえた。駕籠舁きでめしが喰えると算段した。

きのうは二人にとって吉日だった。ひさしぶりに客がとれ、逢坂山を越えた。そして、大津宿《しゅく》に入る手前で客を下ろした。大津宿には奉行所が差配する伝馬所《てんまじょ》がある。町へ足を踏み入れれば、馬や駕籠を扱う人足《にんそく》たちに縄張りを荒らしたと半殺しの目にあうことは、権左たちの体の傷がおぼえている。二人が空の駕籠をかついで坂をのぼっていたとき、夕立に見舞われた。峠への道がまたたく間に滝になった。濁った水が小石を巻き込んでいやな音をたてながら流れ落ちていく。二人は、商売道具の駕籠を山の斜面にずりあげた。

「ちっ」

権八が舌打ちをし、頭から解《と》いたはちまきを絞った。

「なあに、短気な雨だ。じきにおとなしくなるわ」

権左が、褌《ふんどし》を締めなおしながら一物《いちもつ》のおさめどころを調《ととの》えた。権左のいったとおり雨はすぐに止んだ。

二人は斜面から再び峠道へ降りた。しばらく行くと、道の端で旅の夫婦連れが杖を休めていた。男が空の駕籠を目にして、大声で権左たちを呼びとめた。どうやら連れの女が雨に濡れた浮き石に滑って足を挫《くじ》いたらしい。菅笠《すげがさ》で女の顔は見えなかったが、道にへたりこんで投げ出している草鞋の足袋《たび》に血がにじんでいる。

もどり駕籠に客がとれるとは、月に一度あれば御《おん》の字である。権左たちは女を駕籠にのせると、掛け声よろしく峠への険路をのぼって行った。

「もちっと尻をあげろい」

掘っ立て小屋でその日の祝い酒をあおっていた権左が、茶碗を突き出した。

「ん？」

「ばか。おまえのきたない穴《けつ》じゃねえ。とっくりの尻だ」

権八が上半身をゆらしながら、一升とっくりを権左の茶碗に傾けた。

「兄ぃ、本気か？　今晩やるつうのは？」

「おお。亭主に死に別れたおなごをこのままほっておくのは、追分村の男の恥っさらしよ」

「なあるほど」

権左のへりくつに、権八が感心する。

「おりくを峠の走井《はしりい》の水で洗うて、こましなべべ着せてみな。大津の柴屋町《しばやまち》の白女《しゃれおんな》より、よっぽど上玉《じょうだま》になる。おなごの熟《う》れた体が、夜な夜なさびしいとすすり泣いているぜ」

「た、たまりませぬ！」

権八がおどけて酒に火照《ほて》った体をよじった。

「オレも、ご、ご相伴《しょうばん》に」

「ばか言うんじゃねぇ、このスケベイ野郎！」

二人が掘っ立て小屋を出たのは、追分村の住民もやかましい山の烏もぐっすり寝込んでいる真夜中だった。夜空に懸かる細い月の明かりをたよりに、街道をちどり足がめあての板葺《いたぶ》きの家へ忍んでゆく。

「おめえは、表で見張りをしてろい」

そう権八に言いつけて、権左は家の裏手へまわった。板戸につっかい棒が支《か》ってあったが、権左が軽く戸を足げにすると棒が外れて、土間にからんと乾いた音をたてた。

「しっ」

権左は、自分の唇に指を立てた。手探りで土間続きの寝床へ這っていった。探っていた手が何かに触れて、権左は土間へとび退《の》いた。くらがりに権左は目を凝らした。闇に目が馴れた権左が、悲鳴をあげた。

「ひぇー、お、鬼じゃ！」

そこに、縮れ毛のめん玉をひんむいた鬼が座っていた。顔の真ん中にあぐらをかいた鼻から荒い息が漏れ、低く唸る口に牙が光っていた。

権左はほうほうの体《てい》で掘っ立て小屋にもどると、「くそっ」とぼやき、とっくりに残った酒をあおって筵をひっかぶった。

朝霧はすっかりはれて、追分村の谷間の空にお天道様が姿を見せた。

往来がにぎやかになった。京の都からはむろん、伏見からも旅人がぞろぞろのぼってくる。大津宿から米や海産物を背に乗せた牛馬が逢坂の峠を越えてやって来る。追分村の街道筋が活気につつまれる。

都から東海道を二里(八キロ)ばかり歩いてきた侍が、やっと追分にたどりついたという風に笠の紐《ひも》をもどかしげにほどいた。侍は、床几《しょうぎ》に腰を下ろすや茶店の奥へ声を掛けた。

「おやじ、水を一杯くれ」

「へーい」

清水を満たした湯呑み茶碗を盆にのせて、伝蔵が店の奥から現れた。侍は一気に水を飲み干した。人心地がついた侍は着物の襟《えり》をひろげて風を入れた。そして、腰から大小を抜きとりながら、

「まさか、谷の水で銭をとろうというんじゃないだろうな」

と床几の上へごとりと据《す》えた。

「へえ、むろんでございます」

伝蔵は明るく応え、こうことばを付け加えた。

「だんごを注文してくだされば、へえ」

むっとして往来へ顔をそむけた侍の前へ、大きな風呂敷を背負った商人風の男が現れた。男は笠の庇《ひさし》に手を添えながら、店先の伝蔵にたずねた。

「このあたりに、百里の草鞋屋はおへんか？」

「百里の草鞋屋？　知りまへんな。草鞋を売っている家は、この村に三軒ありますけんど……はて？」

「女の主《あるじ》だと、聞いてきたんやが？」

「そんなら、ほれ、はす向かいに竹屋がありますやろ。その隣の家ですかの？」

「おおきに」

そう言って背を見せる男を、伝蔵が呼び止めた。

「あんさん、なんで百里の草鞋などと、ごたいそうなことを言わはるんです？」

男は気が急《せ》くらしく、教えられたおりくの板屋《いたや》を見つめながら早口にしゃべった。

ふつう売っている草鞋は十里（四〇キロ）も歩けば穴が開き、足首に巻く紐が切れて使い物にならなくなる。十里といえば、男の足で一日の行程。石ころだらけの山道なら草鞋は一里ともたない。現に自分は、日岡の峠を越えただけで、一足《いっそく》履きつぶしてしまった。

あそこの草鞋なら百里の道を行けると旅仲間に聞いてきた。

「では、ごめんやす」

伝蔵は盆を片手に、狐につままれたように小走りの男を見送った。

茶店を出た男は街道を斜めに横切り、街道から少し入った屋根に石をのせる板葺きの家に声をかけた。薄暗い家の中で返事があり、着物の裾の藁くずを落としながらおりくが姿を見せた。

「草鞋を三足いただきまひょ」

「へえ、おおきに。けんど今日は早うから買い手があって、手元にはあれしかありまへん」

おりくは、すまなさそうな視線を軒先へやった。そこに草鞋が一足ぶら下がっている。

「しゃあない。ほんなら、それもらおか。一足十六文やな」

男は支払いをすませると、穴の空いた草鞋を脱ぎ捨てた。そして買ったばかりのそれへ足をのせ、台の両側の乳《ち》の輪に紐を通し、足首に結びつけた。

「具合ええわ。これやったら峠を越えて、草津宿《しゅく》まで歩いてもつぶれることないやろ」

今日の男の泊まりは、大津宿の先の草津らしい。

「江戸からの帰りにまた寄らしてもらうさかい、ぎょうさんとっといてくだはれ。ほな」

百里の草鞋が、ここちよげな音をたてて小砂利《こじゃり》を踏んでいく。

客のうれしいことばに、おりくは頬に片えくぼをこしらえた。しかし、夜明けから日の暮れるまで働いても、草鞋は数足しか作れない。作り置きなど無理な相談だ。それでも親子二人なんとかつつましく暮らしていけている。

おりくは、同じ年の子どもたちと比べて体は大きいが知恵がまわりかねる一人息子の平太が気がかりである。人の話を聞くことはできるが、しっかり聞き取ることができない。口はきけるが、まとまったことばにならない。おのずと無口な子どもに育ち、めったに声を出さなくなった。自分が亡くなった後のことを考えて、息子のために、おりくはわずかな銭でも貯えておきたかった。仕事の手を抜けば、今の倍の数の草鞋が作れないことはないが、あの世の弥平がきっと叱りつける。彼女にも、夫の後を引き継いだ草鞋職人としての誇りと意地がある。おりくは一度、平太に草鞋作りを教えてみた。が、すぐにあきらめた。藁をまともに綯《な》うことさえおぼつかない息子にがっかりしたけれど、責めることはできなかった。

「団扇《うちわ》貼りをさせてみなはれ」

隣の竹屋の五助爺が、平太にと仕事を持ってきてくれた。五助爺は笊や柄杓のほかに、竹で団扇の骨を作っている。それを都の鴨《かも》川近くの紙問屋へ卸している。五助爺はそこから団扇貼りの内職をもらってきてくれたのだ。おりくが竹の骨に刷毛《はけ》で糊《のり》をつけてやると、平太は団扇の形に切りそろえてある和紙を顔をくっつけるようにして骨にのせ、骨の一本一本へ指をすべらせた。しんきくさいはかどりだったが、できばえは申し分ない。おりくは平太に仕事がみつかり、体を二つに折って五助爺にお礼を言った。十本貼って一文の手間賃。それが平太のせいいっぱいの一日の稼ぎだった。おりくは生活がどんなに苦しいときも、その銭には手をつけなかった。平太のために土間に埋め込んだ壺の中へ貯えた。団扇がまとまった数になると、おりくはそれを紙問屋へ届けに平太を連れて都へ出かけた。

追分村の空から、お天道様が姿を消した。両側から山が迫る谷間に、陽射しが届く時間は短い。

追分を行き交う旅人の動きに、あわただしさが生まれはじめていた。

大津から逢坂山を越えて来た人々は、分かれ道で右手をとって京まで、左手をとって伏見へと向かう。日暮れまでに宿に着こうと、足を早める。逆に都や伏見から追分にたどりついた人々には、こころなし余裕がある。あとは逢坂峠を越えれば、大津宿。一里ばかりの道のりである。小休止を入れても大津の町の木戸《きど》が閉じる刻限までに、旅籠で草鞋を脱ぐことができる。

「そこの縞《しま》はん、どうです。一枚たったの五文」

「ちょっと紺《こん》さん、旅のお守りに買うていきなはれ」

大津絵を商う店先で、女たちが縦縞《たてじま》や紺色の衣の旅人を呼び込んでいる。先を急ぐ気持ちが、かえって旅人の土産を購《あがな》うふんぎりを後押しする。追分村に立ち並ぶ絵屋にとって、この時刻は店じまい前のかき入れ時だ。

「えー、阿弥陀仏、それにうちしか手に入らへん十三仏《じゅうさんぶつ》がありまっせ」

「なに、仏々《ぶつぶつ》いうてなはる。こっちはありがたい大日如来様だよ。いらっしゃい、いらっしゃい」

ようやく宿酔からさめた権左と権八が、小屋掛けの前で褌の虱《しらみ》をつぶしながら、不機嫌な顔で客がつくのを待っている。

その時である。

「まてェー」

逢坂峠の方で怒声があがった。

山道を行き交う旅人が、あわてて道端の草むらへ逃れた。追分村の人々が騒ぎを聞きつけ、軒先へ飛び出してきた。

髪を振り乱した男が坂をころがるように茶店まで駆け下りてきた。その後を、着物を端折《はしょ》った羽織姿の同心たちが息せき切って追っかけてきた。

チャッ。

白刃《しらは》をかざした同心が、逃げる男を後ろから袈裟懸《けさが》けにした。

「おい、駕籠屋」

抜き身の血糊を懐紙《かいし》で拭き取った同心が、ぽかんと口をあけている権左たちの小屋へやってきて声をかけた。

「え？　へい」

権左は同心へ小腰をかがめた。

「あれを運べ」

同心は腰から抜いた十手《じって》で、茶店の前に横たわる屍《しかばね》を指した。

「はあ？　あれをですかい？」

同心は返事もせずに、すたすたそっちの方へ歩いて行った。

「ちょ。とんだお客だ。いくぜ」

権左が権八の褌の尻を蹴上げた。

逢坂山を越え大津の代官所まで屍を届けた権左と権八は、少なからぬ酒代《さかしろ》を手にして、その夜またぞろ酒を浴びるように呑んだ。


権左と権八が物言わぬ客を乗せて峠へ姿を消した後、追分村にふたたび日暮れ前の賑わいが戻っていた。

茶店の伝蔵が血しぶきで汚れた店先の床几の脚を拭き取っている。その傍らで、旅人たちが先程の騒動について興奮した口ぶりで噂し合っている。

「えらいもん見てしもたな」

「なにがあったんや？」

「おおかた盗《ぬす》っ人《と》がばっさりと」

「いや、あいつは殺しをやった極悪人やで」

「ひょっとしたら牢破りをして逃げ出したということも」

「どっちにしても、やられたのは小者《こもの》でないことはまちがいない」

その言葉に、その場に居合わせた者たちが深くうなずき、暫時口を閉ざした。

「あんさん、きょうはどこでお泊まりや？」

床几に腰掛け乱杭歯《らんぐいば》でだんごを串から抜き取っていた馬方《うまかた》が、となりに座った男にたずねた。おおきな葛籠《つづら》を脇においたこの男なら、もどり馬の客になるかもしれぬとさぐりを入れた。男がさっきから膝のあたりをしきりにさすっているのを、馬方は見逃さなかった。

「へえ、大津宿で」

「こっちは伏見からの帰り道。安うしとくで」

馬方は店先の松にくくりつけた馬へ、あごをしゃくった。積み荷から解放された馬の背中を、谷風が涼しげに吹き抜けている。

馬上の人となった葛籠の男は、呉服屋を営む商人《あきんど》だった。近江の上布《じょうふ》を大坂の問屋へ卸しに行った戻り道で、足を痛めてしまったらしい。

　商人はしばらく黙って馬の背にゆられていたが、あたりに旅人の姿がないのを見計らって、馬方に話しかけた。

「たまげたね」

　馬方は、客が先刻の騒ぎを言っているのだと察したが、黙っていた。

「あの斬られた男は、豊臣の残党にちがいない」

　そう水を向けても、馬方が一向にこちらの話にのってこず、むっつり馬の轡《くつわ》の紐を引っ張っていることが、客にはおもしろくなかった。

　そんならこの話柄《わへい》ならどうだ、とこう切り出した。

「大坂で目にしたありゃ、むごかったね。さっきの捕り物とは比べものにならへん。まるで、地獄絵やった」

「なにがですかい？」

　馬方がようやく心を動かしたことに、商人はへの字の口元をゆるめた。馬方が、客になった自分にていねいな口調でたずねたことにも気持ちを良くした。商人は饒舌になった。

　先日、大坂の刑場で何十という首が刎《は》ねられ首級が晒《さら》された。豊臣方の謀反らしい。幕府の転覆を画策し木賃宿《きちんやど》に集まっていた浪人たちが、一網打尽に捕らえられた。厳しい拷《ごう》問《もん》の末、口を割った浪人から聞き出した隠れ家の仲間も捕まり、市中を引き回され、のこらず獄門《ごくもん》に懸けられた――。

「まだそんな物騒なことがあるんですかい？　豊臣はこの世から葬り去られたはずですがね」

馬方は十余年前、大坂であった冬と夏の二度の戦をよく覚えていた。戦そのものより、その後、何年にもわたって続いた落武者《おちむしゃ》狩りの凄まじさを、一再《いっさい》ならず目の当《ま》たりにした。豊臣の最後の血の一滴まで流し尽くそうとする徳川方の執念に、海千山千の馬方もさすがに震え上がった。

「ようよう静かな世になったというに……。じゃ、これで豊臣も絶え果てたということですな」

「それがや」

商人は声をひそませ、あたりに行人《こうじん》がいないことをもう一度確かめた。日暮れが近い山道に聞こえるのは、馬の蹄の音ばかりだった。

あろうことか秀頼《ひでより》公に落《おと》し胤《だね》があり、その遺児がひそかに生き延びているという。母親は上臈《じょうろう》女房で、城の淀殿《よどどの》とともに自刃《じじん》したのだが、乳母が遺児を炎上する城からこっそり連れ出し西国へ落ちのびた。その落し子をかつぎあげた豊臣恩顧《おんこ》の遺臣たちが、息を吹き返しはじめているらしい。

「そいつは野郎で?」

「いや、姫君でね。城が焼け落ちたとき火傷《やけど》を負ったらしく、左の二の腕に一分金《いちぶきん》ほどの赤痣《あかあざ》が――」

商人はそう言いさして、馬上で着物の袖をまくりあげる仕草をした。急坂にさしかかって、馬方は馬の尻へ軽く鞭《むち》をくれた。

「まだまだ、火種がくすぶっとるんですな」

「ご威光おそれおおい将軍様にも、豊臣の遺恨は根絶やしにはできんらしい」

逢坂峠にさしかかったところで、二人は口を閉ざした。旅人たちが岩間からほとばしる清水に手を差し伸べていた。


その後、逢坂峠に俄《にわか》に番所が設けられ、旅人への吟味《ぎんみ》が厳しくなった。

しかし、遠い鎮西《ちんぜい》のあたりであいかわらず切支丹の弾圧が行われているという噂が伝わってきたものの、世の中に大きな乱れはなく、追分村もその後これといった事件もなく穏やかな日々が過ぎた。

旅をする人々が年ごとに多くなり、侍や商人に混じって農作業の閑《ひま》な冬の間に遠戚や霊《れい》験《げん》あらたかな寺社を参拝する農民の姿も、ちらほら見られるようになった。狭い谷あいの街道に、大津絵を売る店が雨後の筍のように連なりだした。絵柄も増えた。阿弥陀仏や大日如来のほかに、愛染明王《あいぜんみょうおう》や不動明王が店頭に並ぶようになった。中には彩色《さいしき》をほどこす仏画も出始めた。そろばんや縫《ぬ》い針を商う者も現れた。坂の途中にある鍛冶《かじ》屋から、鉄を打つ音が聞こえてきた。年を追って追分村は入り人でふくらんでいった。とはいえ、村を出て行く者もときおりあらわれた。そのうちの一人が、竹屋の五助爺だった。

「おりくさん、歩けなくならないうちに古里へ帰ることにしたよ」

五助爺の生国《しょうごく》は越前《えちぜん》だった。

「わしも人並みに里心がついたのかね。生まれ故郷が無性になつかしくなってしもうた」

五助爺は竹屋仲間に、家も道具も取引先もそっくりゆずって身辺をさっぱりした。団扇の内職については、引き続き平太ができるよう取り計らってくれた。おりくはありがたいと思ったが、なにくれとなく相談にのってくれた隣人を失うことはさびしく、心細かった。

五助爺が追分を後にする日、おりくと平太は逢坂峠まで見送った。五助爺はそこから大津の港へ下りた後、船で琵琶湖を縦断し塩津《しおつ》にあがり、陸路生まれ故郷の越前へ向かう。

「おりくさん、すくないがとっておいておくれ。遠慮はいらんよ」

峠の番所の出入り口で、五助爺はおりくに金子《きんす》の入った紙包みを押しつけるように渡した。

「餞別《せんべつ》に草鞋しかお渡しできなかったわたしらに、かえってこんなことしてもろうて」

「平太のために使っておやり。余計なもんをあっちへ持っていくのは、往生《おうじょう》のさまたげになる。わしには、三途《さんず》の川の渡し賃の六文さえあれば、いいようなもんだ」

てて親のように頼りにしていた五助爺が村を去ってから、おりくは体調を崩しはじめた。女やもめになって長年重ねた無理が、おりくの細身の体に病魔を忍ばせた。おりくは草鞋づくりの手を休めて、日中横になることが多くなった。陽射しのとぼしい谷あいのじめじめした陋屋《ろうおく》が、おりくの病状を悪化させた。胸の患いらしかった。しかし家には、医や薬《くすし》をもとめる余裕などなかった。細い体を折って咳《せ》き込むおりくに、平太は黙ってその背をさすることしかできなかった。

そして、とうとうおりくも追分村を去る時が来た。

おりくは病床から、平太に茶店の伝蔵夫婦を呼んでくるよう言いつけた。

「伝蔵さん、おたつさん、どうか平太のことよろしくお願いします」

伝蔵が返事をしようとした時、後ろで控えていたおたつが伝蔵の尻をつねった。

「平太、あれを持ってきておくれ」

平太が土間の隅に埋め込んだ壺を、おりくの枕元へ運んできた。

「これで平太に、半年とはいいませんが、しばらくご飯をたべさせてやってくださせい」

おたつが伝蔵の陰から、壺をのぞきこんだ。銭が詰まっていた。おたつが伝蔵を押しのけるように身を乗り出した。

「おりくはん、平太ちゃんにひもじい思いをさせへんさかい、安心しなはれ」

おりくは、「おおきに」とほほえんで息を引き取った。伝蔵が「ご成仏《じょうぶつ》」と涙声で告げ、おたつが鼻をすすった。けれど、平太は泣かなかった。「情の強《こわ》い子や」とおたつがそしり、「わからへんのや」と伝蔵がたしなめた。

おりくが亡くなったことを耳にして権左が「おしいことしたぜ」と、腰を突き出す恰好をした。権八が「ひひ」と卑しく笑った。

「おい、駕籠屋」

小屋掛けの前の権左に声をかけたのは、手代《てだい》を連れた番頭だった。権左は、聞こえなかったように鼻くそをほじくっていた。

「大津宿までやってくれ」

権八がそっぽを向いた。

「なんじゃい！」

番頭がそう吐き捨てて、権左たちを主と同じように睨み付けている手代をうながし、巨躰をゆすりながら坂道をのぼって行った。

以前の二人なら、銭になるならどんな客でも乗せた。しかし、寄る年波には勝てず、近頃は担《にな》い棒をしなわせるような客はとらなかった。

「ひとつ、やってくれんかの」

今度の客に、権左が立ち上がった。やせ細った老爺《ろうや》が、辛《つら》そうな顔をして権左たちの前に立った。

「ほい、きた」

権左が竹杖を握った。老爺が駕籠に乗り込み、駕籠の屋根裏から下がる手ぬぐいを握った。権八が後棒《あとぼう》へ肩を入れた。

「エイ、ホ、エイ、ホ」

軽やかに駕籠が峠への坂道をのぼっていく。坂の中程で、権左が権八に目配せした。と、駕籠が大きく揺れ出し中の客が悲鳴をあげた。

「これこれ、後生《ごしょう》じゃ、も少し穏やかに」

かまわず駕籠は暴れ馬になった。

「わ、わかった。酒手《さかて》をはずむ。駕籠代に上乗せして、二、二十文でどうじゃ」

駕籠の揺れがおさまった。

「一人《いちにん》あてかい？」

「……」

駕籠がまたぞろ暴れ出した。

「む、むろん。頭当たり二十文じゃ。合わせて四十文！」


平太は約束どおり、どんぶり茶碗を持って朝夕伝蔵の茶店の前に立った。茶店の軒に頭がつかえるほどの体を曲げて、平太はおたつから麦飯とたくわん二切れの乗ったどんぶりを受け取った。体がひときわ巨きく大人と呼ばれる年頃になった平太には、それっきりでは物足りなかった。腹が鳴れば、平太は家の裏に流れる谷川へ首をのばして、清水で胃の腑《ふ》を満たした。


おりくの四十九日の忌明《いみあ》けの翌朝。いつものように分かれ道の地蔵様を拝んだ平太がどんぶり茶碗を抱えて茶店をたずねると、おたつが竹箒を構えていた。

「いつまでただ飯を喰らうつもりや！」

街道へ掃き出された平太は家にもどると、空き腹をかかえて粗筵《あらむしろ》に寝転がった。そのまま五日の間動かずに横になっていた。枕元ににおいがして、平太が薄目を開けるとどんぶりにご飯が盛られていた。手づかみで貪《むさぼ》るようにたいらげた。水を飲みに裏口から谷川へ降りていこうとして、平太は土間に見知らぬ者がうずくまっていることに気付いた。褞袍《どてら》で身を包んだそいつは女らしく、腰の当たりまで伸びた髪が土ぼこりに汚れていた。谷水でのどの乾きをおさめると、平太は何事もなかったように、また粗筵に横になった。

「亡くなった母親のおりくさんのゆかりのもんでっしゃろ」

「平太の世話に呼び寄せられたのやろけど、それにしてもきたない女やな」

「顔は鍋底みたいすすけとるし、溜《た》まり醤油《じょうゆ》に漬けたようなぼろ布まとっとる」

「近づくと鼻がひんまがるほど臭い。ありゃ、まるで薦被《こもかぶ》りや」

「おまえさん、うまいこと言うた」

追分でおこもと呼ばれるようになった女は、平太の家から出ることはなく、めったに人前に姿をみせなかった。

「く、くさっ！」

ある日そういいながら鼻をつまみ、権左が平太の板屋へ顔を出した。

「めしを喰わしてやるぜ。ついて来な」

腰を痛めた権八の代わりに、平太は権左と駕籠を担ぐことになった。めしを喰った平太の馬力に、権左は目を丸くした。権八の腰が治った後も、権左は平太を雇い続けた。

「きょうも三枚肩《さんまいがた》じゃな」

逢坂峠の番所で役人がそう言って、権左たちをさしたる吟味もなく通した。三枚肩とは、駕籠に交替の一人を伴うことで、峠道のような難路では四枚肩《しまいがた》もめずらしくはなかった。

「兄ぃ、でぇじょうぶか?」

小屋掛けの薄暗がりで、権八が権左へささやいた。

「心配は無用よ」

「ばれっちまったら、これもんだぜ」

そう言って、権八が片手を首にあてがった。

「そんなら、よしな。てめえの分、おれさまが腰が抜けるほど京女《きょうおんな》を抱こうじゃねぇか」

「京女?」

「そうよ。やつらが、さっきおれに握らせた金子。これだけありゃ、祇園《ぎおん》あたりでどんちゃん騒ぎよ」

権左はそう言いながら小屋の奥に身を潜める二人の浪人へ鋭い視線を向けた。小屋の暗がりの中で、権左の手の平にのせた黄金の小判が底光りしている。

「そこにいるのは誰ぞい!」

権八が小屋の入り口に立った大きな影に、腰を上げた。

「なんじゃ、平太か。きょうは用ない。帰れ」

権左が、小屋に現れた平太を追いやった。

「わしらの話、ぬすみ聞きされたんじゃ？」

「ばかったれ。相手はだんまりの平太。肝っ玉の小《ちっ》ちぇえ野郎だ。びくびくすんねぇ」

「で、事を運ぶのは？」

「こういうことは、さっさと済ませる方が面倒がなくていいというもんよ。てめえは、あの浪人たちの着物をひんむいて、生《なま》っ白《ちろ》い体に赤土を塗り込めろ。おおそれから、頭へ灰をぶっかけ褌を泥にまぶせ。顔には頬かむりを忘れるな」

こまごまと権左は指図した。

「てえした化けようだ。どこから見たって根っからの駕籠舁きだぜ。きょうは四枚肩じゃ」

権左たちに、うまい具合に女人の客がついた。権左と権八の担ぐ駕籠に、客の荷物を持ちながらしたがった二人の浪人は、峠の番所をなんなく通り抜けた。

「アホウな二人やで」

伝蔵の茶店で、大津の方から逢坂峠を越えてきた馬子《まご》が煙管《きせる》をつかいながら相客《あいきゃく》に話しかけている。

「あいつら番所を抜けたはええが、見回りをしていた宿場の役人にとっ捕まり、四人仲良く晒し首よ。獄門の上に据えられた権八の生首《なまくび》が、うらめしそうに権左を睨んでおったわ」

峠の向こうの成敗場《せいばいば》での目撃談を、馬子は得意げにしゃべった。

「その不審な男たちは、いったい何者で？」

伝蔵がだんごの皿を馬子の床几に置きながらたずねた。

「豊臣や」

「へえ、まだしつこう生き延びておるんや」

相客が遠い昔を振り返るように目を細めた。

平太は駕籠舁きの仕事を失った。団扇貼りはつづけていたが、そのわずかな手間賃では口を糊《のり》することはできない。平太は空き腹を抱えてあばら屋の入口に横たわり、ぼんやり外のまぶしい街道を眺めていた。おそめが街道を行く旅人の袖をつかまえ大津絵をすすめている。隣の竹屋から、竹を鉈《なた》で割る乾いた音が聞こえてくる。鍛冶屋の前だろう、馬がいないていている。道向こうの茶店から、おいしそうなだんごを焼く匂いが漂ってくる。平太は手にした棒きれで所在なげに土間をほじくっていた。棒がはね上げた土くれが、時折そばにうずくまるおこもの山姥《やまんば》のような髪へふりかかった。が、おこもは身じろぎもしない。

空き腹がぐうと鳴ったのを合図に平太が身を起こし、せわしく棒きれを動かした。土間の地面に、茶店の床几でだんごをほおばる旅人の姿が現れた。おこもがそれを目にして、声にならない声を出した。おこもは急いで団扇に貼り付ける和紙を拡げ、へっついの奥から消し炭をつまみ出し、平太に握らせた。おこもがうながすままに、平太は仏を描いた。消し炭のせいで線はかすれていたが、和紙の中でやさしい眼差しのお地蔵様が口元に笑みを浮かべていた。おこもは筆と半紙をととのえた。平太は毎日たのしげに筆を執《と》った。平太の地蔵絵を家の前へ並べると、絵はおもしろいように売れた。他の店で売る合羽摺りのかわり映えのしない大津絵より、平太の手描きの仏画が旅人の心をつかんだ。

「なんぼや？」

絵をならべた筵の向こうで、平太が片手を拡げた。

「五文か？　ほな二枚もろとこ。なんぼや？」

平太が片手を二回前へ突き出した。胴巻《どうま》きに手を入れながら、しばし平太の様子をうかがっていた旅人が、「五文やな」と念を押して銭を投げ立ち去ろうとした。家の中から、おこもが飛び出してきて旅人の脚絆《きゃはん》へしがみついた。

「くせぇ、このあま。ほれ、拾いくされ」

旅人は残りの代金を道へばらまくと、おこもを足げにした。おこもの褞袍の縄帯《なわおび》がほどけた。衣の裾が割れて白い肌が露《あら》わになった。

その夜、平太は土間に降りて、おこもの寝床へ忍んでいった。目を覚ましたおこもが、怯《おび》えたように平太を見つめ、頭《かぶり》を振った。平太は叱られたようにうなだれ自分の寝所へもどると、一晩けもののようなうめき声をあげ続けた。おこもは両手で耳を塞《ふさ》ぎつつすすり泣いていた。

夜が明けて、平太は裏の谷川へ降りた。そして、岩に堰《せ》かれた小さな淀みへ首をのばした。そこに、あぐらをかいた鼻にげじげじ眉、逆立つ縮れ毛の鬼の面相をした男が映っていた。平太は、生まれてはじめて涙を一粒、底の小石の見える清水へ落とした。

月末に、平太は貼り終わった団扇を大風呂敷にくるみ、京の紙問屋へ届けに行った。そのころ団扇貼りの内職は、おこもの手仕事になっていた。平太は内職の手当を受け取ると、その足で町の小間物屋をたずねた。最初に選んだ塗りの櫛《くし》は紙問屋からもらった銭では足らず、平太は白木《しらき》の解き櫛を買った。櫛を受け取ったおこもは、平太の前で髪に櫛を当てた。けれど櫛は、垢で固まった髪を一寸《いっすん》さえも梳《くしけず》ることはできなかった。

太平の世では、参勤交代が始まっていた。春は江戸へ向かう諸藩の行列で、追分村は殷《いん》賑《しん》をきわめた。行列は、おもに伏見街道から追分へやってきた。大藩《たいはん》の行列ともなると、先頭の毛槍《けやり》が逢坂峠を越えたというのに、しんがりは追分の岐路にやっとたどり着くといった豪勢なものだった。

しかし秋には、追分村は普段の街道の風景を取り戻していた。

伝蔵の茶店で、都を立った旅人が峠を前にして汗を拭いだんごに舌鼓《したつづみ》をうっている。大津から逢坂峠を越えてきた人々が、都へ入る前に旅装をととのえたり、髪結《かみゆ》いで月代《さやかき》を剃《す》ってもらっている。街道の土産屋は、どこも客の出たり入りったりのにぎやかさ。大津絵を並べる重兵衛の店も、ずいぶんな繁昌《はんじょう》ぶりだった。

道行く人の袖を引いていた重兵衛の妻のおそめが、突然その場に立ち竦《すく》んだ。黒毛の馬にまたがった陣笠《じんがさ》に率いられて、三十人ばかりの武装の一団が追分へのぼってくるのが眺められた。参勤交代の季節でもないのにものものしい一行。茶店の客たちは、串だんごを手に持ったままあんぐり口を開けている。黒毛の馬が平太の家の前で歩みを止めた。武装した集団の一半が家の裏手へ回りこんだ。鉢巻きと襷掛《たすきが》けが、正面からどっと板屋へ雪崩《なだ》れ入った。やがて、戸口に縄をうたれたおこもが現れた。黒毛の馬の前で、与力《よりき》とおぼしき役人が悪臭に顔を背けながらおこもの左の袖をまくった。二の腕に一分金ほどの赤痣があった。馬上で陣笠がうなずいた。

「世を忍ぶ姿、おみごとでござる」

陣笠の口調に、皮肉な響きはなかった。

「では、おふじ殿。まいられよ」

陣笠が手綱《たづな》をたぐり、馬の腹を蹴った。おふじは捕り手たちが引いてきた栗毛の馬の背に乗せられた。その後を後ろ手にくくられた平太が、徒《かち》で従った。前後を警護する捕方《とりかた》たちより頭一つ上に出した平太を、追分村の人々は一行が視界から消えるまで見失うことはなかった。

それからしばらく、追分村では平太とおこもが縄目《なわめ》にあった話題でもちきりとなった。とりわけ、おこもをめぐって憶測が飛び交《か》った。しかし、どの話もあて推量の域を出ず、真相ははっきりしなかった。二人がすでに四条河原で処刑されたとの噂を、京へ縫い針の仕入れに行った針屋が追分村へ持って帰ってきた。けれど、それはすぐに真っ赤なうそであることがあきらかになった。ちょうどその日、平太が分かれ道の例の石地蔵の前で掌を合わせていたからである。

「平太は生きかえったらしいな」

伝蔵の茶店に集まった詮索《せんさく》好きが、針屋を小ばかにしてせせら笑った。

「おこもはどうしたんやろ？」

「あの泣く子もだまる京都所司代《しょしだい》でのじきじきの取り調べやったらしい。おこもはそうとうな曲者《くせもの》や」

面目をつぶした針屋が御上《おかみ》の名前に力をこめて、どうだという風に自分を取り囲む村人をゆっくりねめ回した。

「どんな曲者や」

「……」

「なんで平太だけが村に帰ってこれたんや？」

「……」

「なんじゃ、京雀《きょうすずめ》から聞いてきたというわりには、お前の話、ちっともらちあかん」

「そんなに知りたかったら、平太に聞いたらええ！」

針屋の捨てぜりふに、茶店にどっと笑いが起こった。


秋が過ぎ、やがて追分の空から雪が舞い落ちはじめた。見覚えのある黒毛の馬が、ふたたび警護の役人たちを引き連れて都から追分村に現れたのは、冷え込んだ冬の日だった。

「あの白装束《しろしょうぞく》の娘は、だれやろ？」

「雪に負けんほど白い肌やねぇ」

「上品な横顔や」

目の前を通り過ぎる唐丸《とうまる》駕籠を見つめながら、街道脇の追分村の住民が小声でささやき合っている。唐丸駕籠が平太の家の前にさしかかった時、駕籠の罪人《つみびと》がかすかな声を漏らした。黒毛馬の陣笠が手を挙げ、担ぎ手が棒から肩を外した。駕籠の女人《にょにん》が、編んだ竹の目の間から街道筋を少し入った平太の板屋へ視線を注いだ。谷あいの山の斜面のすぐ下に建つ家の中は洞《ほら》のように暗かった。平太がそこにいるかどうか確かめることはかなわず、女人は無言のまま板屋へ深々と頭を下げた。細い肩から黒髪がこぼれた。駕籠はふたたび担ぎ上げられ、峠をめざして坂道をのぼって行った。江戸表《えどおもて》へ送られるのやろ、と村人のだれかがささやいた。

それから一月《ひとつき》たった夜、平太の家へ白木の櫛が投げ込まれた。その日から、平太の戸口は閉まったまま物音ひとつしなかった。茶店の伝蔵が、板戸の破れから家の中をのぞくと、平太がいつもおこもがうずくまっていた土間に丸太のように転がっていた。おたつもやって来て、夫へ「どうや?」という顔をした。二人には平太の背中しか見えなかったが、かすかに肩が上下していた。おたつが、持って来たにぎりめしを戸の破れから差し入れた。

「お前……」

「なんどす。めずらしいもん見るような、気色《きしょく》の悪い目つきして」

伝蔵があわてておたつから目をそらした。

「わては、銭持ってご飯を買いにやって来るご贔屓《ひいき》を、なくしとうないだけどす」

おたつがそう言って、ご飯つぶのついた指を歯のない口にくわえた。

連日降り続いていた雪が止んだ。幾日ぶりかで平太が姿を見せ、家の前に絵を並べた。その日の平太の最初の客は、背割《せわ》り羽織に野袴《のばかま》という出で立ちの武士だった。挟箱《はさみばこ》を持った従者を往来に待たせて、武士は平太の地蔵絵を物色した。手描きの地蔵の顔はどれも柔和な面差《おもざ》しをしていたが、一枚一枚表情を異にしている。武士は数枚もとめ代金を渡そうとして、平太の膝元の一枚の絵に目を留めた。

鬼が、胸のところで掌を合わせている。

獅子鼻《ししばな》に異様な大目玉。げじげじ眉に縮れっ毛。その蓬髪《ほうはつ》の上に安っぽい櫛がちょこなんと――。

それを手にしながら武士が、何かたずねようとする風に平太へ視線を向けた。絵の鬼にそっくりな男が、そこに愛想のない面付きで座っていた。武士は、うッと笑いをこらえた。

「面妖《めんよう》な」

武士はそうひとりごつと、鬼の絵をもとの場所へ置いた。そして、街道で待たせた従者のところへ戻ろうとしてふと立ち止まり、きびすを返した。

「その鬼の念仏、いくらぞ?」

店の主が毛むくじゃらの片腕を前へ突き出し、五本の指を拡げた。

洗堰物語
あらいぜきものがたり

一　ノボルと幸太

明治二十九年(一八九六)、夏。

「ノボル、ぐずぐず、すんな」

黒板塀にそって忍び足で歩いていた幸太《こうた》が、声をおしころして急《せ》かした。

県境の山に日が落ち、あたりは急速に色を失いはじめている。夕映えにかがやいていた唐橋《からはし》も、薄墨色のシルエットになって、瀬田《せた》川の上に緩やかな弧を描いている。

「ここや」

そう言うと、幸太は、いきなりノボルの頭を押さえつけた。

「こうちゃん、な、なにすんねん」

「し、しずかに」

幸太は垢《あか》とほこりにまみれた着物の裾《すそ》をまくりあげた。そして、地面にしゃがむ姿勢を強《し》いられたノボルのいがぐり頭を素股《すまた》ではさんだ。肩車を命じられたノボルは塀へ両手をつっぱり、幸太をようやっとかつぎあげた。

(こうちゃん、小便くさい!)そう叫びそうになる自分を、ノボルは必死にこらえた。

「もっと、みぎ。もちょっと、ひだり」

よろめくノボルの首を、幸太の股がしめあげた。止まれの合図だ。そこに、昼間のうちに幸太が見つけておいた板塀の節穴《ふしあな》が、空いている。

塀の向こうで、かすかに水音がきこえる。

「こうちゃん、なにが見えるん？」

「たらい」

「ほかには？」

「下駄《げた》」

「ほれから？」

「てぬぐい」

「行水《ぎょうずい》やな。だれがしてるん？」

幸太は、だまっている。

けれど、幸太が今目にしているものが、ノボルにはわかった。幸太の股のそれがかたくなって、ノボルの後頭部をつついている。

「八重《やえ》か」

「ちゃう」

「八重のおねえちゃんか？」

「ちゃう……白い蛇や」

明くる日ノボルが小学校へ登校すると、八重が校門のところで待っていた。

「この、すけべえ！」

「なんのこっちゃ」

ノボルが、すっとぼけた。

「ごまかさんとき」

ノボルは八重の脇をすりぬけ、始業の振鈴《しんれい》がひびく校舎へ駆け出した。

一週間後。幸太とノボルが再び家と家の間の、狭い暗がりに忍び込んだ。

「こうちゃん、もうやめとこ」

「心配せんでええ」

「ほやけど、八重の家のもんに気づかれたみたいやで」

「きょうはノボルにも、ええもん見せたるさかい」

幸太の後に、腰の引けたノボルがついて行く。例の黒塀の節穴の下に二人がたどりついた時、塀の上から水の塊《かたまり》が落ちてきた。

「ウワッ」と叫ぶノボルの口を、幸太の手がすばやくふさいだ。

あわてて家の隙間《すきま》から逃げ出した二人が、広い道に出て何食わぬ顔で歩いていると、八重が目の前に現れた。

「どうしたん？　二人ともずぶぬれや。空は雲一つないのに」

八重はそう言うと、おおぎょうに小手をかざして夕空を仰いだ。

「ちっ」と幸太が舌を鳴らした。

「川で泳いでたんや、なあノボル」

「え？　そうや、そうや」

「ふーん。まあええわ。気の毒やけど、あんたら牢屋《ろうや》に入れられるんや」

ノボルは、目を白黒させた。

「さっき、おかあちゃんが、警察に告げに行ったさかい」

「ほんまか？」幸太が真顔になった。

「あんたらみたい、うち、ウソつかへん。かわいそうやけど、牢屋に入れられるんや」

そう言い捨てると、勝ち誇ったように八重はおかっぱの髪を傘のように拡げて背を向け、家の方へ踵《きびす》をかえした。

二人はしばらく呆然と、その場にたちすくんでいた。

翌朝、幸太はいつものように、シジミを売りに出かけた。月曜日で学校がある日だったが、幸太には関係がない。幸太はこれまで一度も学校へ行ったことがない。

幸太は、自分が今いくつなのかさえ知らない。知りたいとも思っていない。彼は、高等小学校に通う十一歳のノボルと背恰好《せかっこう》は同じだが、面構《つらがま》えは不敵で、ノボルよりずっと年上に見える。口達者《くちだっしゃ》で、はしっこく、抜け目のないところは大人顔負けである。子どもらしいところがあるとすれば、いつもお腹《なか》を空《す》かしてご飯時を首を長くして待っているところだったが、その機会も幸太には十分与えられていなかった。

「えー、シジミ。とれたてのシジミは、いらんかえー」

さびのきいた声をあげながら、幸太は天秤棒《てんびんぼう》の両端にシジミを入れた笊《ざる》をつるし、東海道を草津宿《くさつしゅく》の方へずんずん下っていく。振り売りである。川から離れた村ほど、瀬田シジミはよく売れる。シジミはとれたてがうまい。二、三日、桶《おけ》などに入れて放っておくと、身が痩《や》せる。

幸太のシジミは、評判がよい。つぶがでっかくて、べっこう色に光っている。なにより、どの貝も息をしている。死んだシジミが一つでも混じると、汁物にしたとき、なまぐささがぷんと鼻をつく。幸太はシジミを振り売りの笊に入れる前に、シジミが生きているか死んでいるか入念に確かめる。水から上げたシジミは、みんな舌を引っ込め口を閉じている。見た目で生死を判断することは不可能だ。しかし、幸太はなんなく判別した。方法は簡単だ。片手ですくいとったシジミを、もう一方の手の平へ滝のように落とす。息のないシジミは、流れ落ちる貝の軽やかな音を乱す。幸太は一粒も逃すことなく選《よ》り分ける。村人たちは幸太のそんなシジミを待っている。

幸太は毎日、夜明けとともに瀬田川に潜《もぐ》る。今朝もそうだった。ひもをつけた桶をこわきに、フルチンの幸太が川へ降りていくのを、ばあちゃんが舟小屋の前で見送る。

「気ィつけてな」

幸太は返事をする代わりに、ざぶ、といい音をたてて川へ飛び込む。

川岸からみると、桶がひとりぷかぷか川面をながれているように見える。桶のひもをたどった水の底に、目を見開き、シジミをあさる幸太がいる。水は澄んで、川底の砂地に朝の光が模様を作っている。ぼてじゃこが虹色の鱗《うろこ》をきらめかせながら泳いでいる。透明な体をした川エビが、藻の上を歩いている。幸太は、シジミの集まる場所へ迷わずたどり着く。両手で砂をすくう。砂は水に流され、磨かれた原石のようなシジミが、幸太の手の平に残る——。

すぐに、桶はいっぱいになる。幸太は岸にあがると、シジミの選別をし、まだ乾ききっていない体につぎはぎだらけの着物をひっかけ、ざんばらの髪を束ねて後ろでしばり、振り売りに出かける。肩に当てた天秤棒をしなわせながら、土の道をぺたぺた裸足で歩いていく。ようやく目覚めた街道沿いの家々が、窓や戸を開ける音が聞こえる。朝飯抜きのすきっ腹《ぱら》に力を入れて、幸太は声をはりあげる。

「えー、シジミ。とれたてのシジミは、いらんかえー」


幸太は、ばあちゃんと二人っきりで、瀬田川の河原に建つ古い舟小屋に住んでいる。舟小屋は、とっくに使われなくなって、ひどくかしいでいる。つっかい棒をして、やっとこ、倒壊をまぬがれている。だれかが、その棒につまずきでもしたら、舟小屋は、砂煙をあげてへしゃげてしまいそうなほど、たよりない。それでも、ばあちゃんはありがたいと思っている。救いの手をさしのべてくれた後藤巡査に心底、感謝している。

一年前の浅い春、ばあちゃんが幸太を抱きかかえて、瀬田川へ身を投げようと唐橋の欄《らん》干《かん》によじのぼったとき、挙措《きょそ》のあやしい子ども連れがいるという住民の通報を受けた後藤巡査がかけつけ、「どうか死なせてください、後生《ごしょう》です」と擬宝珠《ぎぼうしゅ》にしがみつくばあちゃんと幸太を、必死になってひきはがした。そして、二人をうち捨てられていた川の左岸の舟小屋へ住まわせた。

ばあちゃんたちは、近江にたどりつく前は、大阪にいたらしい。くわしい事情は、後藤巡査が知っている。しかし、巡査は、職務の上のこともあったが、生来寡黙《かもく》な男であったから、余計なことはいっさい口にしない。その口数のすくなさが、彼の出世や婚姻《こんいん》をおくらせてきた原因のひとつでもある。

邏卒《らそつ》が、巡査と改められた明治のはじめ頃、後藤は警吏《けいり》に採用された。

六尺余の長身とがっしりした体格に、試験官たちは一様に感嘆の声をあげた。『巡査召募規則』第一条に謳《うた》う「職務上ニ害アル疾病《しっぺい》無キ者」は無論のこと、「性質耐忍ニシテ酒癖ナキ者」という点においても申し分なかった。

新しい時代の新しい組織にふさわしい人材を得たと、本署の関係者はそのよろこびを隠さなかった。あれから二十年近く経った今、後藤と同じ年に警察に入った同僚は、すでに巡査部長、警部補へと昇格している。しかし、将来を嘱望《しょくぼう》された彼一人だけが、いまだ巡査のままである。

彼も何度か昇任試験をすすめられたことがある。後藤は、わかりましたと素直に返事するわりには、そのための準備や手続きをしようとしない。上司や土地の有力者にへつらうこともしない。世渡り下手の彼の唯一の取り柄は、これまで勤務態度がきわめてまじめだったことである。その間、これといった手柄もないかわりに、これといったしくじりもない。

当時、巡査は一等から四等の等級があった。「四等の次にひかえし後藤（五等）殿」と、人々が陰口していることを、彼は知らないわけではない。周囲もさすがに、国家権力の一端を担い、金の釦《ぼたん》の制服を身に付けサーベルをさげる彼に、面と向かって揶揄《やゆ》するものはいない。仮にいたとしても、後藤は「無礼者！」と声を荒げて気色《けしき》ばむことはなかっただろう。ただ、いくぶん悲しそうな表情を見せたかもしれない。彼の口から処遇への不平や同僚へのやっかみを耳にしたものは、だれもいない。

縁組も同様である。庶民にとって憧れの職業だった警察官を、周囲は黙って放っておかなかった。うるさいほど、縁談が持ち込まれた。しかし、後藤はどの見合い話にも関心を示さなかった。世話人たちのだれもが業《ごう》を煮やした。

出世からも女性からも取り残されたことを、後藤は少しも苦にはしていない風である。が、そんな後藤にも悩みはある。若いときの後藤のあの見ほれるような容姿の面影《おもかげ》は、今ではすっかり消えている。背丈は昔と変わらなかったが、躰《からだ》の幅が前後左右に年々拡がり、そのたびに自前で制服を新調しなければならないことだった。

「こまりましたなあ」

橋向こうの対岸からやってきた後藤巡査が、舟小屋の入口に腰掛け、ぬいだ制帽で赤くほてった顔へ風を送っている。シャツは汗でぐっしょり濡れ、ふやけた体が息苦しそうにあえいでいる。

「すんまへん」

ばあちゃんは、筵《むしろ》の上に正座して、両膝《りょうひざ》に置いたしわくちゃの手をさすっている。

「子どもの事とはいえ、きびしい声もありますので、ひとつよろしく意見しておいてください」

後藤巡査は、だれに対しても権力をかさにきることはない。口調がやさしい。その日だるさが署内で彼の評価をおとしてきた。

「へえ」かしこまったばあちゃんは、そう消え入るような声をもらした。

幸太は、シジミの振り売りで稼いだわずかばかりの日銭を持って、米屋へ行く。小屋に戻ってきた幸太が、手にした麦の小袋をばあちゃんに差し出す。普段なら、「ごくろうやった、おおきに」とねぎらってくれるのに、今日はなぜか、ばあちゃんの表情が硬い。

「戸を閉めて、こっちへおいで」

「なんや?」

幸太がふてくされたように、どっかと筵の上にあぐらをかく。

舟小屋には電気は無論、蝋燭《ろうそく》もない。夜は真っ暗闇だが、昼間はそれなりに明るい。外の光がゆるんだ壁板の隙間《すきま》から射し込んでくる。幾本もの光の筋が、小屋に充満するほこりを浮き上がらせている。ばあちゃんも光の帯の中に佇《たたず》んでいる。

「そんなに、おなごの体が見たいんか？」

そう言いながら、ばあちゃんが煮染めたようによごれた単衣《ひとえ》を、骨張った肩から落とした。藁《わら》ぞうりのような乳房が、薄いむねに二つへばりついている。

「よう見るんやで」

ばあちゃんが腰にまいた湯巻《ゆまき》のひもをほどこうとした。

「か、かんにんや。ばあちゃん、もうせえへん。ゼッタイせえへん」

幸太は目を固く閉じたまま手探りで入口の戸を開け、舟小屋を飛び出した。

夏休みに入った。

勉強の苦手なノボルは、嬉しくて仕方ない。しかし、幸太には休みなど関係ない。

その日も、幸太は天秤棒を肩に東海道を下っていった。空気の澄んだ気持ちの良い夏の朝だった。ぬかるむ道を裸足で歩くのは難儀だが、晴れた日は足取りが軽い。いつもの集落で、いつもの家から声がかかり、順調にシジミが売れていった。この日幸太は、新しい買い手を求めて脇道に入った。そこで幸太は、村のゴンタたちに囲まれた。通せんぼをくらい、引き返そうとすると大将らしきのっぽが、幸太の胸ぐらをつかんだ。見上げるとカマキリのように顔は逆三角形で、陰険な目をしている。幸太はいきなり二、三発、びんたをもらった。けれど幸太は微動だにせず耐えた。頬《ほお》の痛みより、笊からシジミがこぼれ落ちることが心配だった。「こんなもん」と叫んで、カマキリがその笊をわしづかみにし、シジミを地面へぶちまけた。周りの子どもらがやんやとはやし立てた。幸太は、そいつの体を蹴り上げ、笊を持ってよろけるカマキリの指に噛《か》みついた。ぐしゃっと、シジミを踏みつぶしたような音がした。カマキリが奇声を発して、その場にうずくまった。幸太は、天秤棒を振り回し、にじりよるゴンタたちを蹴ちらした。ガキ大将を抱きかかえて逃げ出した彼らは、安全な距離をとると、礫《つぶて》を投げながら「おぼえてろ」と口々に遠吠えした。

翌日。幸太は、笊の中にいくつか手頃な石を入れてシジミ売りにでかけた。家並みがとぎれる村はずれで、案の定《じょう》、カマキリたちが待ち伏せしていた。街道の両側から彼らはぞろぞろ姿を見せ、幸太の前後をふさいだ。おのおの両手には、小石が握られている。彼らはじりじり距離を詰めてくる。そして、街道に人影がなくなるや、幸太に向けて一斉に小石を投げてきた。幸太は、天秤棒を下ろし、笊からかねて用意の石をつかんだ。しかし、多勢に無勢。敵の石が、何発か幸太の体に命中しだした。それでもひるまず、幸太は応戦した。

「乞食《こじき》の幸太！」

　そう呼び捨てる声の方を振り返ったとき、顔面に鈍い音がし、火花が散った。うっ。さすがの幸太も握っていた石を捨てて、両手で顔をおおった。（割れたな）。幸太は激痛の中でつぶやいた。足元にこぶし大の石が転がっていて、その上へ赤い雨が降り注いでいる。（きれいやなア）。大きな怪我《けが》を負いながら、一方で幸太はそんな不思議な感覚に襲われた。

「ひえーっ」

　幸太の血だらけの顔を見て子どもたちが悲鳴をあげ、村の方へ駆け出していく。眉間《みけん》を押さえても、血がどくどく噴き出してきて、たちまち手はむろん腕まで真っ赤に染まった。通りがかった旅の夫婦づれが、手ぬぐいで傷口を縛《しば》ってくれた。それでも、しばらく出血は止まらなかった。心配する旅人にお礼を言って、幸太は何事もなかったように、もと来た道を帰っていった。幸太の歩く地面に、血の足跡がついた。しかし、川辺の小屋に着く頃には血は止まり、体や着物の血糊《ちのり》は固まって黒くなっていた。

「はよう商売終わったんやな。あれ、こうちゃん、なにほおばってるん？」

　通りかかった唐橋の上から、ノボルが声をかけた。河原から瀬田川へ入って行こうとしていた幸太は、それを無視した。

「たにし飴《あめ》か？」

ノボルは、口をもぐもぐさせている幸太が気になってしようがない。ノボルは唐橋を渡りきると急いで土手を降り、幸太のいる水際《みずぎわ》へ駆け寄った。ノボルは物欲しそうに、幸太の口元をじっと見つめた。

「ぺっ、ぺっ」

幸太が、口の中のものを川の中へ吐き出した。白い二つの欠片《かけら》が、水の中に落ちて、ゆらゆら沈んでいく。歯だ。ノボルが驚いて幸太を見た。前歯の二本欠けた幸太が、ニッとこちらを向いて笑っている。

仰天《ぎょうてん》するノボルを尻目に、幸太は勢いよく着物のまま川へ飛び込んだ。幸太の体や着物からしみ出した血で、川面が真っ赤に染まった。ノボルはもう少しのところで気を失いそうになった。

「こうちゃん、大丈夫か?」

早朝、心配したノボルが幸太の小屋を訪ねてきた。

小屋の戸をがたぴしいわせて、幸太が姿を見せた。額に紫色にふくれあがった大きなたんこぶができ、その真ん中に赤黒く盛り上がった傷口が一本生々しく走っている。

「あかん」

「痛むんやろ。はようお医者さんに診《み》てもらった方がええで」

「そんな銭《ぜに》あらへん」

「そやけど、このままやったらこうちゃん熱出して、病気になるで」

「わいのことやない。ばあちゃんがあかんのや。口を開けたまま、ちっちゃい息しとる。呼んでも返事しよらん」

どんなときも弱音をはかない幸太が、沈んだ声でそうつぶやいたので、ノボルはばあちゃんの具合がそうとう悪そうだと思った。でも、幸太にもノボルにもどうしようもない。

幸太は、シジミ売りに精出してばあちゃんの診察代を稼ぎたいのは、やまやまだ。しかし、当分奴らが待ち伏せをしている東海道を下ることはできそうもない。橋を渡って、民家の密集する石山《いしやま》の町へ出れば、短時間でシジミはおもしろいように売れる。それは分かっている。けれど、そこにはすでに行商人たちの領分があって、新参者で子どもの幸太が入り込む余地はない。彼らの縄張りに入ろうものなら、昨日どころの怪我ではすまない。結局、瀬田川に沿って振り売りをするしかないが、人家がまばらだ。おまけにぜいたくを言わなければ、だれでも岸近くの砂地から小粒のシジミをとることができる。川沿いは、労の多いわりに実入《みい》りが少ない。

「ノボル、頼みがあるんや」

「こうちゃん、何でも言うて」

重い沈黙にたえられなかったノボルが、待っていましたとばかり景気のよい声を出した。

「松ヤニをできるだけぎょうさん、集めてほしいのや」

「おやすい御用や。そやけど、なにに使うん？」

「蟬《せみ》とり」

「へえ、なるほど。ねばっこい松ヤニで蟬をつかまえるんやな。なーるほど」

ノボルはしきりに感心し、

「こうちゃん、いっしょに連れてってや。きっとやで」と念を押した。

幸太はそれには応えず、ばあちゃんの横たわる小屋の中へ消えた。

ノボルが帰っていくと、幸太は再び小屋から姿を見せ川岸を物色し始めた。近江盆地に流れる川はのこらず琵琶《びわ》湖に入り、琵琶湖の水は全て瀬田川から京都、大阪を抜け海へ流れ入る。それゆえ目の前の川面にいろんな物がぷかぷか流れてくる。幸太は、商売道具の桶も笊も天秤棒も、すべて岸や川の中から拾った。お金以外なら、なんだって手に入る。「働かずして銭が一文《いちもん》、天から降らず、地から湧《わ》かず」。日頃のばあちゃんの口癖のように、銭はシジミ売りで稼ぐしかない。（そやけど……）。幸太は思案した。

（よし、こいつでええ）。幸太は、川辺の葦原《よしはら》から大人の藁《わら》ぞうりを見つけ出し、着物のふところにしまいこんだ。

「なにしてるんや？」

土蔵のかたわらに松の古木がある。その木にのぼってしきりに木肌を削っているノボルに、母親が洗濯物を干しながらたずねた。

「松ヤニとってんね。これで蟬とるねん」

「松ヤニで？」

「そうや。鳥もちなんか買われへんやろ。ただで手に入る松ヤニを思いつくやなんて、こうちゃん頭ええ。こいつを棒の先にくっつけて、こうちゃんと蟬つかまえに行くんや」

（また、幸太かいな）ということばが口をついて出そうになったが、母親はぐっと呑《の》み込んだ。

母親は、できれば我が子を幸太から遠ざけたいと思っている。けれど、去年の春先、大阪から流れてきた幸太が老婆と瀬田川のほとりに住みだしたときは、その不憫《ふびん》な身の上を哀れんだものだった。自分も早くに病気で連れ合いをなくしていて、母一人子一人の生活。今は、夫の遠戚の裏庭に立つ土蔵を間借りしている仮住まい。ご近所の仕立物の注文を受けての針仕事では、親子二人が食べていけるのがやっとだ。子どもはなんとか大家のお情けで、学校へ通わせてもらっている。なにかと肩身が狭い。我が子もそんな境遇から か、小さい頃から引っ込み思案で、友だちをつくることができず、暗くさびしい毎日を過ごしてきた。そこへ幸太があらわれ、まっさきに我が子に声をかけてくれた。我が子の顔がぱっと明るくなった。互いの不遇のにおいを嗅《か》ぎ当てたように、二人はたちまち近しい友だちになった。それゆえ、母親は無体に我が子から幸太を引き離すことはできない。

しかし、幸太はあぶない子だった。

あれは、幸太たちが瀬田川へやってきてしばらく経った頃だ。

「生首事件」が起こった。

瀬田の唐橋の欄干に、生首が並んだのだ。江戸の終わりとともにちまたで斬罪《ざんざい》、梟首《きょうしゅ》という刑罰はなくなったが、明治の初め頃は依然行われていたため、民衆の間ではまだまだその蛮行の記憶が生々しかった。その上、唐橋は古来主戦場であり、あまたの武者が命を落としている。

橋には灯り一つとてない。夜には、長い黒々とした橋が、大川の上に架かる。その中程あたり、両側の欄干の上に一つずつ、ざんばら髪の青白い人の首が血を滴《したた》らせていた。日没後は橋を通る者は少なかったが、それでも用事をかかえて通りかかる人はぎょっと立ちすくむ。行く人も帰る人も、誰も橋を渡れない。物見の人々が大勢集まって来て、夜だというのに両橋詰めはごったがえしている。警吏たちがやって来て、群衆を橋だもとから遠ざけ、規制線の縄をはった。そして、右手に提灯《ちょうちん》を掲げ左手はしっかり腰のサーベルをにぎり、じわりじわり橋の中程の欄干に据《す》えられた生首に近づいた。

「ば、ばかにしおって！」

先頭の巡査部長が叫んで、擬宝珠にかぶせられていた水の滴る藻を、川へ投げ捨てた。後藤巡査は擬宝珠に塗られた白い異物をきれいに洗い流すことを命じられ、この件は落着した。世間を騒がせた犯人はわからずじまいだった。事件の前の日、ノボルの母親は、子どもが家の土蔵の石段のところで、シジミの殻《から》を砕いているのを目撃していた。何をするのかとたずねると、幸太の飼っている鶏《にわとり》の餌《えさ》に混ぜるのだとの返事。たしかに、鶏の餌にシジミの貝殻片を入れると、鶏は色つやの良い大きな卵を産んだ。（そやけど、幸太の家は鶏を飼《こ》うていたやろか?）。事件の後、不審に思ったノボルの母親は、こっそり幸太たちの住む河原の舟小屋をのぞきに行った。小屋の中にも小屋の周りにも、鶏を飼育している様子はなかった。（やっぱり、擬宝珠に塗るおしろいを、こさえていたんや）。母親は心を痛めながら、全てを自分ひとりの胸の裡《うち》にしまいこんで、このことを誰にも言わなかった。実害がなかったのが、せめてもの救いだった。

しかし、先日、よその家の行水をのぞき見した件で後藤巡査が土蔵を訪ねて来たときは取り乱し、巡査が止めに入るまで裁縫《さいほう》用の竹の物差しで我が子をたたいた。後藤巡査が引き上げていった後、母親は土蔵のくらがりでぼそっとつぶやいた。「父ちゃんは、きっとあの世で泣いていやはるわ」。その言葉が、ノボルには何よりこたえた。自分が生まれて間もなく病死した父親の顔を覚えているはずはなかったが、ノボルには父親の悲しみの表情を、なぜかはっきり思い浮かべることができた。(もう、あんなアホなことはせえへん)。

ノボルは心の中で、父ちゃんにもかたく約束した。

「もう、幸太と遊んだらあかん!」

母親はその時、思い切ってノボルにそう厳命した。

「おかちゃん、それはでけへん。おかちゃんも知ってるやろ。こうちゃんは、命の恩人や!」

我が子にそう言い返されると、母親は黙り込むしかなかった。

去年の夏のあの日のことを、ノボルは死ぬまで忘れることはない。

尋常小学校の最上級生である四年生の男の子たちは一人残らず、卒業までに瀬田の唐橋から飛び込まなければならない。それは、高等小学校へあがる前の、子どもらなりの胆《たん》力《りょく》をためすひとつの通過儀礼だった。橋は弧を描いている。橋のたもとのあたりは、小学校に入学したばかりの子どもでも、少し勇気があるものなら飛び込めないこともない。しかし橋の真ん中では、水面から欄干までの高さは半端ではない。二階建ての家のてっぺんに立つみたいで大人だって足がすくむ。

　お盆前の正午すぎ、四年生の男子全員が唐橋に集まった。橋を渡り始めたころは、お互いにふざけあっていた子どもたちも、弓なりの橋を上るにつれて、次第に無口になってきた。日頃威張っている組一番のやんちゃ坊主である為吉《ためきち》も、こころなし顔色があおい。ノボルはみんなの最後尾から、橋の真ん中を重い足取りでついて行く。できるだけ川を見ないようにうつむき加減に歩いて行く。真っ先に為吉が橋の欄干に馬乗りになる。まわりの子どもたちが、声にならない声をもらす。みんなの注目を浴びていることを、彼はいたいほど感じる。欄干の上に立ち上がる。驚嘆の声が、短くあがる。その声に励まされるように、為吉は目をかたく閉じ鼻をつまんで欄干を蹴る。日に焼けた真っ裸の体が宙に浮き、一本の杭《くい》になってズボッと音を立て、川の中に姿を消す。しばらく息苦しい沈黙が続く。そしてそれに耐えきれないように、川下の水面が破れる。為吉のいがぐり頭が空中に飛び出る。ワァーと歓声があたりに響き渡る。その興奮のさめやらぬ間に、子どもたちはつぎつぎと欄干から「地蔵飛び」で川へ落ちていく。お地蔵さんのように足をそろえ、かかとから落下するのだ。頭から川へ飛び込む者はだれひとりいない。頭からのそれは、打ち所によっては命にかかわることを、子どもたちは本能的に感じている。いよいよノボルの番である。川面に浮かんだ子どもたちは、すでに岸辺に向かって泳いでいる。一番に飛び込んだ為吉が再び橋を駆けあがって来て、最後に残っているノボルの見届け役をつとめる。

急《せ》かされて、ノボルはおそるおそる欄干をよじ登る。バランスをくずしそうになりあわてて擬宝珠にしがみつく。擬宝珠の銅《あかがね》が日に灼《や》けて、熱い。下を覗《のぞ》く。高い。自分の時だけ水面が遠離り、流れがとても速く思える。橋脚にぶつかった水が、大きな渦《うず》をつくって眼下を通り過ぎる。あの渦の下に、きっとガタロウがいる。そして、耳まで裂けた真っ赤な口を開けている。毎年一人は子どもがこの川で溺《おぼ》れ死んでいる。「ガタロウに喰われたんや」と人々は言っている。そいつがノボルを川の底へ引っ張り込もうと待っている。渦がおいでと誘う。気が遠くなる。欄干にわなわな膝をふるわせて立ち上がったものの、とても飛び込めない。しかし飛び込まずにこのまま橋の上にとどまれば、臆病者の烙印《らくいん》をおされ、一生さげすまれる。うらめしそうにノボルが振り返った瞬間、為吉がノボルの背中を押した。断末魔に似た叫びとともに、ノボルは欄干から姿を消した。ボッチャーン。にぶい、どこか間の抜けた水音がした。

為吉は、欄干から身を乗り出して川面を見渡した。ノボルの頭が一瞬見えたが、その後水の中に沈んで、暫時《ざんじ》待ってもノボルが浮き上がってくる気配はない。為吉はおろおろし、橋を行き過ぎる通行人をつかまえて助けを求めた。が、わめきたてる子どもに相手の大人は要領を得ず何度も聞き直している。

その時、欄干に飛び上がった子どもがそのまま川へ向かってジャンプした。幸太だ。彼は腰に荒縄を巻き付け、その縄の先に桶をくくりつけている。しばらく川面には桶だけがぷかぷか浮いていたが、やがてノボルを抱きかかえた幸太が水面に現れ、桶にぐったりしたノボルの体をあずけた。そして、桶を引っ張りながらみごとな抜き手で川岸まで泳ぎ切った。河原に寝かされたノボルが、どっと水を吐き出した。ノボルの蘇生《そせい》を確かめると、幸太は遠目で唐橋を睨《にら》んだ。為吉があわてて首を引っ込め欄干にうずくまった。

「ほな、行ってくるわ」

木からおりてきたノボルが、松ヤニを入れた欠けた茶碗を大事そうに抱《かか》えて、土蔵の母親に声を掛けた。ノボルの母親は首を傾《かし》げ手縫《てぬ》いの針で髪を掻《か》いた。髪の脂《あぶら》をなじませた針を仕立物の浴衣《ゆかた》に運ばせながら、幸太のところへ遊びに行こうとする我が子を押しとどめることができない不甲斐なさに、大きくため息をついた。

「悪さしたらあかんで」

母親はそう言うのがやっとだった。

しかし心を痛める親の気持ちが伝わったのか、この日ノボルはすぐに家に戻ってきた。

そして、「こうちゃんはずるい」とつぶやきながら、土蔵の壁に向かってごろんと横になった。蝉とりに連れて行ってもらえなかったらしい我が子の背中を、母親は複雑な思いでながめていた。

「賽銭《さいせん》泥棒の出没じゃ！」

そう叫びながら、建部《たけべ》神社の宮司が袴《はかま》のすそを蹴って、駐在所に駆け込んできた。神をもおそれぬ天地開闢《かいびゃく》以来の狼藉《ろうぜき》であると、宮司の怒りはしゃべるほどに高じて来る。今にも、本署へ直訴しそうな勢いの宮司をなだめて、後藤巡査は若い同僚と一緒に建部神社で夜の張り番をすることになった。

近江国一ノ宮の建部神社は、境内が広く杜《もり》が深い。昼でさえ薄暗く、森閑《しんかん》としている。まして、夜には明かりは社務所の玄関に一つ灯るだけで、神域は漆黒《しっこく》の闇に沈む。鼻をつままれても分からぬほどだ。その夜陰《やいん》に紛れての不届きである。その日は、あいにく夜空にかかっていたのは利鎌《とがま》のような三日月だ。後藤巡査は、同僚に大鳥居の陰で見張るように指示し、自分は賽銭箱のある本殿の陰に身を潜《ひそ》ませた。夜中過ぎ、賽銭箱がごとごと音を立てた。暗がりでよく見えなかったが、何者かが棒のようなものを賽銭箱に差し込んでは引き抜いている。「おっ」。後藤巡査はその小さな影に驚き、「こらっ！」と一喝した。そして、しばらく間をおき玉砂利《たまじゃり》をわざとに大きく蹴散らしながら「待てーッ」と賽銭箱の方へ動き出した。影は最初の一喝で獣のようにすばやく本殿を離れ、参道に並ぶ石灯籠《いしどうろう》の一つに身を隠した。騒ぎを聞きつけた大鳥居の同僚が駆け寄ってきて「賊は？」と、提灯をかざした。後藤巡査は参道の脇道を指さし追尾《ついび》するように命じた。

後藤巡査は参道を社殿の方へ戻りながら、「いたずらだけなら、ご祭神の日本武尊《やまとたけるのみこと》もおゆるしになろう。が、賽銭を盗むのはいかん」とその石灯籠をたしなめた。社務所の部屋の明かりがつき、現れた宮司が「犯人は子どものような気がする」と事の真相を求めて後藤巡査に迫った。後藤巡査は、砂利に残った藁ぞうりの巨きな足跡を宮司に示しながら、大人に間違いはないと断言した。そして、もう二度と泥棒は現れまいと確信のある口調で宮司に告げた。

シジミ売りに出かけた幸太が川下の村から戻ってくると、小屋のそばの土手に、見慣れない人力車が止まっていた。車夫が河原の石に腰を掛け、のんびりキセルで煙草《たばこ》を吸っている。やがて、黒いカバンを持った人物が小屋から出てくると、車夫はキセルから火のついた煙草をたたき落とし、あわててそのカバンを受け取った。人力車は、毎日医者を乗せて小屋にやって来た。そして、夜明けとともに目を覚した幸太が小屋の戸を開けると、きまって屋根を支える垂木《たるき》に、にぎりめしと味噌《みそ》をくるんだ竹の皮がつり下げられていた。

幸太はその味噌で、ばあちゃんのためにシジミ汁をこしらえた。ばあちゃんは医者を見送ったあとも、にぎりめしとシジミ汁をいただくときも、病床から川向こうの駐在所に向かって手を合わせた。

長い夏休みが終わった。ノボルはがっかりしたが、幸太はその日を待ち望んでいた。子どもらが学校に行けば、誰にも邪魔されずに東海道筋を振り売りできる。病で伏せっていたばあちゃんも、往診の医者の治療とシジミ汁で暑い夏を乗り切り元気を取り戻した。

幸太はどっさりシジミを盛った笊を、天秤棒の両端に吊るした。そして、棒に肩を入れ、ぐいと腰をのばし担《かつ》ぎ上げた。初秋の風が、「えー、シジミ。とれたてのシジミは、いらんかえー」とよく通る幸太の声を、街道筋の家々へ届けた。

九月三日から、雨が降り出した。列島に近づく台風のせいらしかった。これまでも、幸太は少々の雨などへっちゃらだった。それに、やっと以前の商いを取り戻したばかり。雨が水面を打つ中、当たり前のように川へ潜った。水はきれいに澄んでいた。水の中で目をみひらいた幸太には、川底の砂地にのぞくシジミの姿がはっきり見える。夏の間に成長した藻のあいだを、ぼてじゃこが楽しげに泳いでいる。ときおり一抱《ひとかか》えもある鯉《こい》が、幸太をジロリと見ながら通り過ぎていく。いつもの川のいつもの水底の光景だった。

しかし、数日経っても雨は止む気配はなく、九月七日からは大豪雨となった。川が濁り、水に勢いがでてきた。さすがに、幸太は素潜《すもぐ》りをあきらめざるを得なかった。

琵琶湖は大きな水甕《みずがめ》だ。たっぷり水を貯えることができる。一杯になれば甕《かめ》なら縁《ふち》から均《ひと》しく羅《うすもの》のように水があふれる。しかし、琵琶湖の出口は瀬田川だけである。ふくれあがった広大な湖の水圧が一点へ集中する。瀬田川はこらえきれずに、川底に積もった砂や泥もろともに一気に水を下流へ押し流す。宇治《うじ》と境をなす峡谷が轟《とどろ》き、瀬田川は手のつけられない暴れ川となる。

九月九日付の大阪朝日新聞は、当時のことを次のように報じた。

「数日来の霖雨《りんう》またまた害をなし水報の到る」「ただ今淀《よど》川水量一丈四尺一寸。枚方《ひらかた》町はすべて床上まで浸水。第一防御線維持できず」

さらに十一日付では、

「昨日は夜来の雨終日降りしきり、正午頃には篠《しの》つくばかりの大雨《だいう》」

「淀、桂《かつら》、神崎《かんざき》の川々決壊したる（略）水源たる琵琶湖の水量は更に減ぜず」

と続報し、各地の堤の決壊や出水、住居や田畑の浸水・冠水の現状とともに、管内の警察署挙げての住民の避難誘導、人命救護の態勢について詳しく伝えた。

水を放出する近江からはるか離れた大阪においてさえ、このような大水害であったことから、琵琶湖における被害の惨状には想像を絶するものがあった。

瀬田川の水位はあっという間に三メートル余上昇した。唐橋の両端はすでに水中に没し、弓なりの橋の中央部だけが、かろうじて川面に小島のように残されている。

土手から離れたノボルの住まいにも、川堤を破った濁水が容赦なく進入してきた。土蔵へ上がる入口の石段が見えなくなると、ノボルと母親は大家に懇願《こんがん》して母屋《おもや》の屋根裏に難をのがれた。

村の半鐘《はんしょう》が、ひっきりなしに鳴った。鐘は、住民に高台へ避難せよと必死に警告していた。最初のうち、湖の方から瀬田川へ網やたつべなどの漁具が流れてきた。つづいて田舟《たぶね》があらわれ、丸太が幾本も流れてきた。肥桶《こえおけ》が列をなしてあらわれた。さらに卓袱台《ちゃぶだい》やお櫃《ひつ》などの生活用品が、波にもまれながら大量に流れてきた。学校の学習机や椅子も混じっていた。鶏や牛が波に浮き沈みしていた。やがて藁葺《わらぶ》き屋根の家が一軒まるごと浮かんできて、唐橋の欄干に当たってあっけなく砕けた。藁は水面に拡がりながら川下へ消えていった。

夜中になっても何かが唐橋の欄干にぶつかる耳慣れない音が寝床まで聞こえてきて、ノボルは母親の寝間着を固く握って離さなかった。

九月十二日、ようやく雨は小降りになった。しかし、琵琶湖も瀬田川も水が引き元の水位を取り戻すまでには、半年以上待たねばならなかった。

川の両岸は壊滅状態だった。多くの家屋が失われ、少なからぬ人命が失われた。その中に幸太とばあちゃんがいた。

水嵩《みずかさ》がわずかずつながら低くなり、唐橋の全容が現れ出した頃（とはいえ、幸太たちの住んでいた舟小屋のあたりはまだ深い濁流の下にあった）、人々はようやく我に返り、復旧の作業に動き出した。唐橋はあちらこちら壊れ、踏み板もなくなり歯抜けの状態になっていた。昼夜兼行の橋の修理で両岸がつながると、人の往来がはじまり村や町に活気が生まれてきた。行方不明者の捜索も本格化した。

幸太の遺体は、橋から一里ほど下った南郷《なんごう》近くの川辺の竹林で見つかった。遺体は戸板にのせて運ばれ、橋だもとに寝かせられた。巡査がやって来るのを待つ間、そのまわりに人垣ができた。後藤巡査が現れると、人垣は二つに割れてまた一つになった。

「ほれ、あの舟小屋の子や」

「シジミ売りのか？」

「そうや」

「一緒に住んでいたババアはどないなったんや？」

「わからんけど、流されたことはまちがいない。土左衛門《どざえもん》になって川をどんどん下り、大阪に帰ったのやろ」

「大阪？」

「そうや。なんでもあのババア、大阪の遊廓《ゆうかく》で客引きをやってたらしい」

「へえ。するとあの子は？」

「どうせ女郎《じょろう》が産み落としたヤツやろ」

野次馬の最後の声に、遺体検分にしゃがんでいた後藤巡査がすくと立ち上がった。顔を真っ赤にし、サーベルにそえた手が震えている。彼が感情を露《あら》わにするのを初めて目にした人々は後ずさりして、少し輪を拡げた。うわさ話をしていた男達は後藤巡査の形相《ぎょうそう》におびえ、逃げるように泥まみれの家財道具を軒先に積み上げた街道筋へ姿をくらました。

「こうちゃん」

男たちが立ち去ったあとに割り込んできたノボルが、白い顔をした無言の友だちに小さく呼びかけた。うっすら開けた幸太の口からは、返事はなかった。あの村のゴンタたちとの争いで欠けた前歯から、乾いてしなびた藻が覗いている。後藤巡査がその藻の端をつまみ上げた。藻はずるずる途切れることなく、幸太の体から出てきた。体の中に収まっていた藻は鮮やかな緑色をしていた。丈は六尺の後藤巡査の背に届くほど長かった。ノボルには、藻を吐き出した幸太がほっとした表情を浮かべたような気がした。藻を手にした後藤巡査が突然その場に崩れ、幸太の遺体におおいかぶさった。そして、おんおん大きな体をボロボロと大粒の涙を流し、ノボルは声を上げて泣いた。肩を揺すり上げながら泣き出した。その姿は、警吏の権威も大人の節度も世間体《せけんてい》もかなぐり捨てた、子どものように無防備の、はだかの人間そのものだった。

こらえていた悲しみが、ノボルの頬にも大粒の涙となって流れ出た。幸太と過ごした一年余の歳月とその思い出がつぎからつぎへと湧《わ》きあがってきた。それは、とても親密でどこか冒険と危険に満ちた日々だった。そして、もう二度と幸太と遊ぶことができない寂しさが、ノボルの全身を包んだ。

(ぼくのたった一人の友だちやったのに……)

ノボルは唇をかんだ。

(こうちゃん、ゼッタイ、かたきとったる!)

ノボルは指の骨が音を立てるほど、両手に固いこぶしをつくった。

二　淀川改修工事

明治三十年（一八九七）、春。

東海道線の馬場《ばば》駅（現膳所《ぜぜ》駅）に列車が到着した。駅に降り立ったのは数人で、それぞれ大きな荷物をしょい込み、用ありげに急ぎ足で町中へ消えていった。客待ちをしていた車夫《しゃふ》が、あきらめて人力車の梶棒《かじぼう》を持ち上げようとしたとき、駅舎からひとりの紳士が現れた。車夫は目をこすって、もう一度その人物を見た。

背広姿に山高帽をかぶり、手にはトランクを提《さ》げている。この界隈《かいわい》では洋装の人間はめったに目にしない。警察官、郵便配達夫それに鉄道員の制服姿ぐらいだ。あとは着物が大半で、たまに鳥打ち帽をのっけて洋風を気取っている男たちがいる程度である。

車夫がもっとも驚いたのは、紳士がこれまで拝んだこともない高い襟《えり》の白シャツを背広の下に着込んでいたことだ。

砂利を踏みしめながら、革靴が車夫の方へまっすぐやって来た。

「いいですかね」

車夫は跳び上がるように梶棒をまたぎ、紳士のトランクを受け取った。座席におさまった客のひざを赤ケットで覆《おお》いながら、車夫は山高帽の顔を仰ぎつつ行く先をたずねた。紳士は瀬田川近くの老舗《しにせ》旅館を告げた。口ひげをたくわえていたが、顔も声も若かった。

「どちらからお出《い》でで？」

「東京からです」

「ずいぶん遠方からお越しで……」

それ以上客の領分に踏み入ってはならないことは、車夫も心得ている。

人力車は駅前広場を出ると、無言のまま東海道を瀬田川をめざして走った。家並みの間から琵琶湖が見える。降り注ぐ四月の陽光に、漣《さざなみ》がきらきらまぶしく輝いている。

（実におだやかだ。この湖が大きな災厄《さいやく》をもたらすとはとても信じられない）

紳士は車に揺られながら、そう心の中でつぶやいた。

石山の町に入った。「しじみ汁」と墨で書いた半紙を入口に貼り付けた〝めしや〟にさしかかったとき、紳士が車夫に声を掛けた。

「しじみ汁とは珍しい。このあたりでシジミがたくさんとれるのでしょうか？」

横柄《おうへい》な物言いが一般の客の中で、紳士の口調は丁寧だった。それに合わせて車夫も言葉遣いに気を配ったが、ところどころで御里《おさと》が知れるのはどうしようもない。

「瀬田シジミがぎょうさんおります。ポッポ、いえ汽車が走るようになって、近頃は一反《いったん》風呂敷にシジミをくるんで、朝一番の列車で京都まで売りにいきよります。あちらでは高う売れますさかい」

紳士は物知りの車夫に、去年の九月の大洪水の様子について聴いてみたくなった。「大洪水」という言葉を耳にして、梶棒をにぎる車夫の半纏《はんてん》の肩がぴくりと動いた。車夫は紳士の問いかけに黙ったまま車を走らせていたが、ある仕舞屋《しもうたや》の前で足を止めた。紅殻《べんがら》の連子窓《れんじまど》のはまった大きな家だった。車夫は梶棒を水平に保ちながら、この家の主《あるじ》について語り始めた。元は商家であったが、跡継ぎが大阪へ新天地をもとめて出て行ってからは老夫婦二人っきりでひっそり暮らしていた。これまでの蓄えと子どもからの仕送りによって、隠居の身は平安だった。そこへ、昨年九月の出水。逃げ遅れた二人は格子《こうし》を握りしめた姿で溺死《できし》していた。湖水はそこまで溢《あふ》れてきたのだ、と車夫は指さした。地面から人の背丈ほどのところの格子窓に横一線の筋が入り、そこから下の紅殻の部分が色褪《いろあ》せていることがはっきり見て取れた。

「お気の毒に……」

車夫は、唐橋近くの舟小屋に住んでいて濁流に呑《の》まれたあの老婆と子どものことも頭に浮かんだが、伝えるほどのことでもあるまいと、再び旅館へ向かって足を踏み出した。瀬田川に近づくにつれ、洪水の爪痕《つめあと》が民家や田畑に生々しく残っているのを、紳士は人力車の座席から腰を浮かせて注意深く観察した。

「湖水が最も高いときには、いつもの水位を十二尺三寸五分（約三・七メートル）超えたそうですね」

そう言われても車夫には、去年の大水が尺貫法《しゃっかんほう》でどれほどの高さだったのか分からない。膨《ふく》れ上がった川の濁流が唐橋を水底へ呑み込んでしまいそうだった、と応えるのがやっとだった。

（この御仁《ごじん》はただ者ではなさそうだ）

車夫は引いている人力車が急に重くなったように感じた。


紳士は、鈴木といった。東京の帝国大学を卒業し内務省土木局に入局。その後間もなく欧州への留学を命ぜられた。鈴木はフランスで土木工学を修め、土木建築技術師の資格を得て、この二月に帰朝したばかりだった。二十五歳、独身である。彼が留学を終えて帰国の報告や各関係機関への挨拶《あいさつ》回りをようやく終えた三月の初め、大阪から上京していた沖《おき》野忠雄《のただお》の部屋に呼ばれた。

沖野は日本全国のほとんどの河川と港の改修工事に携わり、「我が国の治水港湾工事の始祖」と称《たた》えられた人物である。

安政元年（一八五四）、但馬《たじま》豊岡（兵庫県豊岡市）生まれ。この時四十四歳で、淀川改修工事の土木監督署署長であり当時としては稀《まれ》な博士号を持っていた。後年、「彼の履歴《りれき》はおのずから日本治水史をなし、その経歴を語れば我が国の土木の進歩発達史を編むことになる」とさえ評された傑物である。

大学卒業後、官吏《かんり》になって半年も経たない内に欧州へ留学した鈴木にとって、沖野の高名は仄聞《そくぶん》していたが、初めて会う人物である。その上、沖野は周囲から雷様《かみなりさま》と呼ばれている。沖野の部下で、彼から一喝《いっかつ》を食らわなかった者はほとんどいないという噂《うわさ》である。

用件を伝えられていなかった鈴木は、何か自分に落ち度があったのかという不安心を抱えながら、緊張した面持《おもも》ちで沖野の部屋の前に立った。深呼吸をして息を整え、鈴木はドアを軽くノックした。

「どうぞお入りください」

流暢《りゅうちょう》なフランス語が中から聞こえてきた。鈴木は部屋を間違えたのかと、ドアの名札をもう一度確かめた。

間違いはない。

「失礼します」

名前を名のった鈴木も、思わずフランス語で応じた。ドアを開くと、小柄で形の良い丸刈り頭の中年男がほほえみを浮かべていた。鼻筋がとおり、目がすずしい。中央官僚というより、町中の末寺《まつじ》の住職のような親しみをおぼえる面差《おもざ》しだ。

「お帰りなさい。あちらの生活はいかがでしたか？」

握手をしながら今度は日本語で沖野がたずねた。沖野がフランス留学の大先輩であることを伝え聞いていた鈴木は、その問いかけに距離が少し近くなった思いがした。

セーヌ川の治水工事や内陸運河の開削《かいさく》の様子について情報や意見交換をした後、沖野は鈴木を部屋の中央に置かれた会議用のテーブルに導いた。その上には畳一枚ほどの地図が拡げられていた。畿内《きない》および滋賀の行政区画の境界線と琵琶湖の形を描いただけの、手書きの白地図だった。

「淀川改修工事のことは聞き及びですかね？」

「少しは存じ上げております。国家的な大事業で沖野先生が土木監督署長を務めておられると伺っております」

「一年間に国の全土木予算を注ぎ込むような遠大な計画ですが、ようやく昨年河川法とともに帝国議会の両院を通過しました」

感慨深げに沖野はテーブルの白地図を見つめた。三年前の明治二十七年に、すでに沖野は「淀川改修工事の計画意見書」を内務大臣へ提出していた。それは、その後全国で進められた治水工事のモデルとなった計画だった。

「たしか十ヶ年の継続事業でございますね」

「ええ。国会は無論ですが、地元の滋賀県の議会にも説明にまいりましてね……」

独り言のように沖野は言い添えた。東京で生まれ大学を卒業するまでずっと関東で過ごした鈴木には、畿内はこれまで一度も訪れたことのない遠隔地《えんかくち》であった。まして滋賀に対する知識は皆無《かいむ》に等しい。鈴木にとって、その地は遊学したフランスより遠かった。

沖野は執務《しつむ》していた事務机へ行き、そこからインク壺《つぼ》を持ってきた。そして、それを地図上の琵琶湖の湖尻のあたりに据《す》えた。インク壺には、羽根ペンが差し込まれている。

「ここが琵琶湖の唯一の出口である瀬田川です」

沖野はインクをたっぷり吸ったペンの先を地図の上に突き立て、ゆっくりと下方へ移動させた。移動と共に地図の上に鮮やかな青い線が生まれた。

「瀬田川は宇治川と名を変え……」

ペンは音もなく紙の上を滑《すべ》っていく。線は大きく屈曲したり、斜めに走ったり、停滞したかと思うと急に勢いを増し一直線に引かれた。その筆運びは一見気随《きずい》に見えたが、ペン先はまるで川の流れを紙の中から探り出すように動いていく。鈴木は、沖野の頭の中に川筋の景色や地形がはっきり映し出されているのだと思った。

「そして淀川という大河となって、海へ注ぎます」

沖野は、半円形の大阪湾にたどり着くと、ペン先を紙から浮かせた。そして、ふたたびインク壺にペンを浸し、山城《やましろ》盆地を流れる桂《かつら》川を書き足し、淀川へつなげた。さらに大和《やまと》盆地からは木津《きづ》川を生み出し、やはり淀川へ注ぎ入れた。

鈴木には沖野の部屋に呼ばれた理由が、描かれていく川の線のようにはっきり見えてきた。

「ラフスケッチですが」

そう言って、沖野はペンをインク壺にもどした。その時である。インク壺が倒れ、勢いよく青い液体が地図の上に流れ出た。鈴木は驚き、テーブルへ上半身を折り曲げ、おもわずその流れを素手で押しとどめようとした。沖野は少しも騒がず、鈴木をやさしく制止した。

不注意でもなく意図的でもなく、壺は自らの意志で倒れたのだと沖野は受け止めている風だった。沖野は、黙ったまま静かにインクの流れの行方を見つめている。瀬田川を太らせ、桂・木津川口を呑み込み淀川の両側へあふれた青色は大きく扇形《おおぎがた》に拡がって行き、大阪湾の海岸線に至って、まるで既定の約束事のように動きを止めた。

「これが、大洪水時の被害の範囲です」

三川の水が山城盆地で合流し、天王山《てんのうざん》と男山《おとこやま》の間の狭窄《きょうさく》部を抜けて大阪平野へと流れ出る。その増水は四、五メートルほどの高さになることも珍しくないと、沖野は付け加えた。

「とりわけ明治十八年の洪水では大変な被害が出ました」

沖野はその時の水害の実態を静かに語り出した。

六月の強い雨や台風による豪雨のため、淀川の上流にある琵琶湖の湖水が常水位《じょうすいい》を超えること二・七一メートルに達し、湖国の田畑約一万一八〇〇ヘクタールが浸水。浸水日数は百四十日に及んだ。中・下流域では、淀川沿いの町村の百十三が水没。大阪市内では二十七万人が被災するという大惨事になった。

「そして昨年の二十九年九月の大洪水」

沖野は淡々とした口調で続けた。

台風前線により九月三日に降り出した降雨量は、十日間に一〇〇八ミリメートルに達し、湖水はこれまでの記録を破り、平時の水位を超えること三・七六メートルまで上昇した。死者・行方不明者は三百五十八人以上となった。しかし、この未曾有《みぞう》の大豪雨による被害の実態について、近江および畿内の流失家屋の数、田畑・宅地の浸水実態を未だ正確に把握し切れていない――。

大阪平野は古くから我が国の政治・経済・文化の中心の一つであり、淀川はその発展を支える重要な基盤であった。しかしこれまでの相次ぐ氾濫《はんらん》や土砂の堆積による航行障害などにより人民は苦しみ、国の発展がさまたげられてきた。大きな恩恵は常に大きな損失をあわせ持つ。この難題を解決することなしに我が国の近代化は望めない。この度の治水工事は淀川のみならず、上流から下流にいたる流域全体を見据えたものでなければならない。その構想の具現化が沖野の「淀川改修工事の計画意見書」であった。

地図の上にこぼれたインクのにおいが部屋に満ちてきた。沖野は中央のテーブルから離れ、部屋の窓を開けた。中庭に面した窓から、清々《すがすが》しい三月の風と春の鳥のさえずりが入ってきた。

「あなたには、第三工区の担当をお願いします」

鈴木はためらうことなく、全霊をもって取り組みたいと晴れやかに応諾《おうだく》した。

淀川改修工事の目的は「琵琶湖沿岸、山城及び摂津の平野に対する水災をなくし、併せて沿湖の悪水停滞の害を除かんとするもの」であったことから、工事の計画は三つに区分された。すなわち、

第一工区　下流の大阪付近
第二工区　中流の淀および枚方《ひらかた》付近
第三工区　上流の瀬田川

である。鈴木はその第三工区の所長の補佐役を命じられたのだった。

「さっそく滋賀へ下検分《したけんぶん》にまいりたく存じます」

鈴木の若者らしい性急で前向きな姿勢に、沖野は顔をほころばせた。

「その意気込みを諒《りょう》としたいのですが、もう少し後にした方がよろしいでしょう。まだ瀬田川が常水位にもどっておらぬゆえ、平時の川の姿を見ることはできませんからね」

「昨年の九月の洪水から半年経った現在も水は引いていないのでありますか……」

鈴木はその理由を確かめようとしたが、沖野は黙ったまま倒れたインク壺を起こし、青色に染まる地図をテーブルから巻き取った。

鈴木が辞去したあと、沖野は執務机にもどって読みさしの本を再び手にした。外国から取り寄せた新刊書で、欧米における最新の土木工技術の論文を集めていた。その原書を開いたまま、沖野は「失礼いたしました」と大きな声を残して部屋を出て行った客気《かっき》溢れる若者の姿と、若き日の自分の姿を重ね合わせた。

沖野黒い（暗い）のに白髪（白帆《しらほ》）が見える　あれはフランス洋行生

フランスから帰国した沖野へ、友人が親愛と羨望《せんぼう》の気持ちの交じる戯歌《ざれうた》を贈った。その歌にあるように、沖野の額のすぐ上の頭部に銀貨ほどの白髪の塊があった。沖野はそのあたりに手を添えながら、しばし心を花のパリに遊ばせた。

沖野は大学南校《なんこう》（東京大学）在学中の明治九年、二十二歳の時、フランスへ留学した。

その五年の期間のうち、三年はエッフェル塔の建設者エッフェルも卒業した大学エコール・サントラルで土木・建築学を修め、後の二年を同国で実地研究をしたのだった。

鈴木が滋賀県庁の土木部から、琵琶湖の水位がほぼ平常時にもどったとの書面を受け取ったのは、年度が改まった四月だった。実に八ヶ月の間、湖国は湛水《たんすい》に浸されていたことになる。その便の中に、昨年九月の大洪水の記事を掲載した新聞が同封されていた。

明治二十九年九月二十日付けの地元の日出《ひので》新聞は、『江州《ごうしゅう》水害視察実況』で大津の様子を次のように伝えていた。

「旅宿を出て腕車《わんしゃ》(人力車)を雇ふて発す。勿論《もちろん》浜路は浸水甚《はなは》だしく到底通行すべからざるを以《もっ》て山路の上道を通らんと欲するなり。営戍練兵場《えいじゅれんびょう》は渺々《びょうびょう》たる一面の湖水となり、湖面を望めば浜路なる人家などは僅《わず》かに屋根を露《あら》はすのみ。電柱は半《なか》ば以上没して黙々線をひくありき」

「旦那、こちらでございます」

車夫が梶棒を下ろした。旅館の女将《おかみ》が車の音を聞きつけて表へ駆け出してくるのが見えた。鈴木は女将にトランクを預け、車夫には明朝県庁まで車でいくつもりであるゆえ迎えに来るように言いつけた。まんじゅう笠を小脇に抱えた車夫は、首の手ぬぐいをとって深々とお辞儀をした。

鈴木は旅装を解くと軽い午餐《ごさん》をとり、フランスで着慣れた技師の作業衣に着替えた。瀬田川沿いを南郷まで下るつもりだった。往復二里（八キロメートル）ばかりだから、徒歩で出掛けても夕食時には充分間に合う。

「そうどすけど、石山寺《いしやまでら》より向こうは通行が難儀だそうですさかい、くれぐれも気ィつけておでかけください」

鈴木は女将の忠告を受け、まだところどころ湿地帯となっている悪路に備えて、靴をわらじに履《は》き替えた。そして、石山寺の参詣客が置いていった六角棒を杖替わりに借り、旅館から川辺の道へ降りて行った。川沿いは、民家も樹木も何もなく、整地されたように平坦だった。すべて洪水に洗い流されたことは容易に想像できた。土手らしき痕跡を見つけるのが困難であったのは、それが決壊したというより激流にことごとく溶解してしまったためらしい。車夫が冠水したといっていた唐橋を左手に見ながらしばらく行くと、螢谷《ほたるだに》と呼ばれる山陰に行き当たった。道はそのせり出した岩鼻によってふくらみ、川もその道に沿いつつ蛇行し下方へ流れている。六角棒で水中を探ると岩に跳ね返された。水深は意外と浅い。鈴木は、通水をよくするために、このあたりの河床を削り川幅を拡げなければと、手帳に書きとめた。

ほどなく石山寺の山門の前に着いた。参詣は別の機会にゆずり、鈴木は門前に手を合わせ遙拝《ようはい》にとどめた。石山寺の先は旅館の女将が言っていたように川沿いの道が寸断されていた。山道へ迂回《うかい》しなければならないと土地の人から教えられ、鈴木はやむなく小舟を雇った。艪《ろ》も取り付けず竹竿を操るだけの舟だったが、川の流れは穏やかで懸念《けねん》はなかった。汗の体に風を入れ、清らかに澄んだ水に手を浸しながら一つ目の川の隈《くま》を抜けたとき、真正面に山が立ち塞《ふさ》がっていた。鈴木は「おッ」と思わず声をあげた。低山ながら、川の行く手にどっかと盤踞《ばんきょ》している。近づくと、頂は緑の樹木に覆われていたが裾は剥《む》き出しの崖になっていた。その崖に、川がぶつかり、しぶきを上げ、突兀《とっこつ》とした岩肌を濡らしている。鈴木はおとなしい川の本性をそこに見たような気がし、舟の上の遊覧気分を捨て去った。たずねるとその山は大日山《だいにちやま》だと船頭が応えた。船頭は左の山裾を避け、流れのゆるやかな右岸に沿いつつ舟を進めた。山にぶつかった川は直角に折れ曲がり泡立ちながら急湍《きゅうたん》をつくり、崖を巻いて川下へ消えていた。船頭のとった右側の岸辺には大きな竹林があった。が、それも洪水でずいぶん痛めつけられていた。激しい水の流れは、大日山を過ぎると拡がりながら勢いを弱めつつ下っていた。そのうち船頭が竿をしなわせウンウン唸りだした。浅い川底が舟の航行を妨げはじめたらしい。難渋《なんじゅう》しつつなおも舟を進めると、川面に砂地が現れ、島嶼《とうしょ》のようにそれらがいくつも点在していた。

（湖水の流出に栓《せん》をしていた元凶は、瀬田川に張り出した大日山とこれらの砂の島々か）

鈴木は顔を輝かせた。沖野から出された宿題の答えがここにあった。

（琵琶湖のたった一つの流出口である瀬田川の流れを速やかにするには、まずこの小山を削り取ることだ）

鈴木は言いようのない強い感情に包まれた。山は黒びかりする崖の姿から想像するに、全体が岩の固まりのようだった。

「削るには、手強《てごわ》そうな岩肌だ」

今度は、鈴木は声に出してつぶやいた。しかし鈴木は、岩肌以上に堅固な障碍《しょうがい》が行く手に待っていることを、その時は気付くよしもなかった。

右岸は目的地の南郷らしかったが、川沿いの人家はことごとく流されて跡形もなかった。わずかに松の林が残っていたが、ほとんどの松は砂土を水に浚《さら》われ、地上に複雑にからんだ根をさらけ出し倒れていた。南郷の対岸は黒津《くろづ》といった。鈴木は飛び石のように並んでいる砂の小島づたいに、川を歩いて渡れそうな気がした。川中の小島にはそれぞれ名前がついていて、一番大きな島は「道馬《どうま》ヶ島」と船頭が教えた。

沖野が堰を築くにあたって地形を有効に活用するのだと言っていたのはこの島のことだ

ろうかと、鈴木は手帳に両岸と各小島の位置関係をスケッチし、目測の数字を書き込んだ。

鈴木は左岸の黒津へ上がって大日山を訪ねてみようと思った。道馬ヶ島を回り込むと別の川が島よりすこしばかり下《しも》のところで瀬田川に注ぎ入っていた。浅いが川幅のある川だった。この大戸川《だいどがわ》と呼ばれている川も瀬田川に泥砂《でいさ》を流し入れて洲《す》を形成し、疎通《そつう》能力を低下させ、湖水を停滞させているのだと推察することは容易だった。

鈴木は舟からその枝川の上流に連なる山並みを眺めた。どの山も木々はなく赤土と岩に覆われている。鈴木はそのことを奇妙に思った。船頭は川岸の折れ残った柳へ舟をつなぎながら、その理由《わけ》を語り出した。

「わしらはあのはげた山並みを田上山《たなかみやま》と呼んでおります。なんでも、奈良時代という遠い昔から、山の大木が都の宮殿や寺や神社をつくるために、きり倒されたと聞いとります。川に筏《いかだ》浮かべて、京都や奈良へ運ばれたのでっしゃろ。今では草も生えておりまへん」

あの山並みがかつて檜《ひのき》・杉・樫《かし》などの巨木の森であったことなど、鈴木には赤茶けた山肌からとても想像できなかった。

鈴木は船頭にすぐにもどってくると言いおいて、岸に上がった。黒津は大洪水にあいながら、まだ在所のたたずまいを残していた。牛を牽《ひ》き代掻《しろか》きをしていた夫婦の話によると、大日さんのお陰らしい。大日山が押し寄せる濁流を押しとどめ、洪水から村を守ってくれたのだという。

「てっぺんに御堂《みどう》がございますよってに」

牛の鼻輪をつかんでいた女が山への登り口を、引き綱で指し示してくれた。鈴木はお礼を言い、田の畦から山陰《やまかげ》の岨道《そばみち》に入った。やっと人一人通れるぐらいの勾配《こうばい》のある道だったが、すぐに参道のはじまる石段にたどり着いた。まだまだ日は高かったが、あたりは鬱《うっ》蒼《そう》と茂る椎の木の杜《もり》のために黄昏《たそがれ》どきのようにほの暗かった。人気が無く、蒼《あお》い空気が山全体を包んでいる。しんと静まりかえった山中を、急な石段を一つ一つ踏みしめながら上がっていくと、しゃっしゃっという音が聞こえてきた。人懐かしさに鈴木は足を速め階段を登った。簡素な山門をくぐったところにひなびた御堂があり、その前で老人が竹のほうきで地面を掃き清めていた。老人は鈴木の姿をみとめると、ほうきの手を休めた。老人は彦九郎《ひこくろう》と名のった。黒津の住人で隠居後、八十《やそ》路《じ》の今日までずっと堂守《どうもり》を務めているという。鈴木が東京からやって来たと告げると、「川の工事のご用件ですな」と老人はさらりと言い当てた。鈴木は思わず自分の服装をながめた。老人は村でよく見かける普通の人物で、特に変わったところもなかった。鈴木は本尊の大日如来《だいにちにょらい》に手を合わせた。目の前には板一枚の祭壇がこしらえられていた。飾りらしきものはなく、その上にたった一つ古い鉄鉢《てつばつ》が置かれ水がなみなみと湛《たた》えられている。鈴木がなにか由緒ある鉢なのかたずねると、老人は特別なものではなく朝に瀬田川からそれで水を汲んできてお供えするのだといった。

「毎朝のことですか?」

「へえ」

鈴木は先程登ってきた急な石段を振り返り、枯れ枝のように痩《や》せた老人の姿をながめ、感嘆の声をあげた。その声が木々の間に吸い込まれ、あたりは再び物音一つしない静寂につつまれた。鈴木は老人にねぎらいの言葉をかけ、足元に注意しながら苔《こけ》のむす石段を降りていった。石段を降りきった鈴木が御堂を振り返ると、薄暗い山門のところで老人が竹ぼうきを握りしめ佇《たたず》んでいた。

舟にもどり腰を落ち着けた鈴木の後ろ姿へ、船頭が瀬田川に竿さしながら「どうかしましたか?」と訊ねた。

鈴木は怪訝《けげん》そうに船頭を振り返った。

「いえね、山からもどってこられた旦那のお顔が青白くて、まるで何かに憑《つ》かれたみたいでしたさかい」

そう言われて鈴木は舷《ふなばた》に身を乗り出した。そして瀬田川に両手を浸し、水を掬《すく》って顔を洗った。四月の水は澄明《ちょうめい》で、やわらかかった。

(この水とこれから十年余つきあうことになる)

もとの表情を取り戻した鈴木は、腰のてぬぐいを引き抜いて顔を拭いつつそう決意を新たにした。

翌朝、鈴木が襟の高いシャツにネクタイを結んでいると、旅館の女将が「お車が迎えにまいりました」と告げに来た。昨日の車夫が、元気の良いあいさつをした。鈴木が人力車に体をしずめるやいなや、車夫は待っていましたとばかり客にたずねた。

「失礼ですが、旦那は瀬田川の大工事のために来県されたのではございませんか？」

返事をせぬ鈴木にかまわず、車夫は話を続けた。

「去年から工事についての記事が新聞によく載るようになりまして。このあたりでは、その話でもちきりです」

それで、あの大日山の老人も知っていたのかと鈴木は合点した。が、やはり鈴木は口を一文字に結んでいた。

「ひとつよろしくお願い申します。去年といい、たびたびの洪水でみんな往生《おうじょう》しております。大水は、貯えも命もみんな残らず持って行きよります。たのんます、どうぞわてらを助けてやってください」

伝えるべき事を一気にしゃべり立て満足したのか、その後は車夫は黙々と車を引いた。

車は軽快に琵琶湖岸の道を走り、坂道と交わるT字路を左へ折れた。鈴木が余裕をもって旅館を出立したのと車夫の快走で、約束していた時刻よりずいぶん早く滋賀県庁に着いた。鈴木はどこかで時間をつぶさなければと思っていたが、その必要はなかった。車をつけた玄関前にすでに出迎えが数人待っていた。鈴木の訪問について情報が庁内に流されていたのであろう、先導する役人にしたがって庁舎内を土木部の部屋に入るまで、廊下ですれ違うだれもが立ち止まり、直立の姿勢で鈴木に黙礼した。鈴木にとって地方の官公庁への出張ははじめてであった。鈴木は職員たちの慇懃《いんぎん》な応対を面《おも》はゆく思いながら、自分が急に偉くなったような気がした。

土木部の応接室ではおもだった管理職が壁際に居並び、鈴木を迎えた。どの顔も強《こわ》ばり、その緊張がこちらにも伝わってきて、鈴木も本省の技官という威厳を保ちつつ、一人一人から懇切な挨拶と紹介を受けた。

「沖野先生は、ご健勝でいらっしゃいますか?」

椅子に腰掛けた鈴木に、開口一番土木部長がたずねた。その響きに社交辞令以上のものを感じて、鈴木はおもわず部長の顔を見つめなおした。部長は、いかにも懐かしそうに眼を細めている。そればかりか、居並ぶ部下たちも表情をゆるめて鈴木の返答を待ち受けている風に思えた。

「ええ、すこぶる壮健で職務に精励されております」

だれもが頷いて微笑を浮かべている。鈴木はその様子に、少々違和感さえ覚えた。

課長がテーブルに滋賀県地図を拡げた。それは印刷されていて、沖野の部屋でみた手書きの白地図とは対照的に詳細を極めていた。琵琶湖はいくつも複雑な形をした入り江や内《ない》湖《こ》をもっていた。そして百を超える川が、毛細血管のように湖に注ぎ入り、その出口の瀬田川には鉄橋と唐橋が架かっている。唐橋から南郷までの川の流域については、別に平面図が準備されていた。その川のところどころに数字が書き込まれているのは、水深を表しているらしい。深いところもあれば、ずいぶん浅いところがあった。南郷あたりではとくに浅く、鈴木は昨日舟の上から実見した景色を思い浮かべ、地図上に記された砂地の島を数えてその名称を確認した。船頭が教えた「道馬ヶ島」の名もあった。大日山も上から見た栄螺《さざえ》のように渦巻く形で左岸の黒津という在所に描かれていた。

「これまで」、これまでとは有史以来明治の御代《みよ》までですがと断り、「瀬田川ではほとんど洪水対策がとられてこなかったと言ってよろしいかと思います」

部長が声を小さくして注進した。その理由を聞いて、鈴木はあきれた。

それは、上流と下流の利害の対立のせいだという。滋賀の洪水を防ぐには、琵琶湖に溢れる多量の水を瀬田川から流す必要がある。多量の水を流すためには、川の浚渫《しゅんせつ》が不可欠である。しかし、大雨のとき下流では湖から大水が流れてきては困る。京都や大阪の宅地・田畑が浸水し、浪花《なにわ》の八百八橋《はっぴゃくやばし》が流失する。下流の猛反対が浚渫を拒んだ。

江戸の頃、湖辺の人々がたびたび幕府に川浚《かわざら》えを嘆願した。幕府は西国《さいごく》の謀反《むほん》者たちによる唐橋での妨害や橋の打ち壊しに備えて、浅瀬になった南郷あたりを京都への渡河《とか》地点に残して置こうとした。また、彦根城や膳所城の堀の水の確保という軍事戦略上の理由、そして何より下流部への洪水被害の配慮から、なかなか川浚えの許可を下さなかった。それでも人々の必死の訴えが聞き入れられ、幾度か普請《ふしん》が行われた。高島《たかしま》の庄屋《しょうや》藤本太郎兵衛は、自普請で瀬田川の浚渫を命をかけて行った一人である。しかしその後も一向に通水は良くならなかった。やむにやまれず庶民が幕府の許可なく、シジミ採りだと偽って川底を浚ったが、それらは川の水をわずかに濁しただけだった。相変わらず、洪水のたびに出口を塞《ふさ》がれた琵琶湖は膨《ふく》れあがり、何ヶ月も湖周辺の田畑や村が悪水に沈み湖民は辛酸《しんさん》をなめた。

明治に入っても洪水は繰り返された。とりわけ明治十八年の洪水の大災害に、地元の滋賀県も動いた。当時の知事が瀬田川の浚渫工事を内務省に上申した。明治二十六年工事が実現したが、根本的な解決からはほど遠かった。明治という新しい時代になったが、やはり下流からの懸念や反発にあって工事は部分的にならざるを得なかったのだった。

「そこへ、沖野先生の画期的な提案がなされました」

部長が声に力をこめた。

「瀬田川に堰堤《えんてい》を設ける計画ですね」

鈴木がすかさずその後を受けた。

「沖野先生は、その堰《せき》の建設により上流と下流の利害の衝突を取り除くことができるとおっしゃいました」

「それで、滋賀県議会のみなさんは納得された……」

「はい、ここにその折、議場で行われた沖野先生の演説の速記録があります。沖野先生は、その演説で、堰を築くことの意義や堰の開閉の運用方法などを詳しく述べておられます」

部長の指示で、担当官が鈴木に速記録を手渡した。表紙には「澱川改良工事ニ關《かん》スル沖野土木監督署長ノ演説」と記されていた。

スピーチは次のように始まっていた。

「私は今回この起工になりまする淀川の改良工事について、その計画の大要をお話し申すつもりで、この計画の主意と申しまするものは、つまり除害の工事であるのでありまして」

鈴木は沖野の肉声を聞いているように感じて、思わず居住まいを正した。除害とは、沿湖および京都府下、大阪府下の水害を除くということだった。

新しい計画の主意を伝える前に、沖野は瀬田川の実態から説き起こしていた。

湖水の水位の病根は瀬田川にある。湖水の落ち口から川床がだんだんに上がって南郷の近傍が一番高くなっている。まず川床を浚う必要がある。しかし川床を浚うだけでは、水位の上昇は防げても低下を防ぐことはできない。水位の著しい低下による問題点として、一つには、沿湖の田畑が受ける被害がある。灌漑《かんがい》という点から不便が生じ、およそ三千町歩《ちょうぶ》が水不足になる。また、鉄道が敷設されたとはいえ、湖水の運輸は今なお盛んであり、水位の低下により琵琶湖にある多くの港湾が使えなくなるおそれがある。さらに、明治二十七年に完成した京都へ引く琵琶湖疏水《そすい》に水が入らなくなる憂いがある。水位の極端な低下は、下流でも深刻な問題を引き起こす。淀川の水涸《が》れによる田畑への灌漑の悪影響や、伏見への運輸の不便となり通揖《つうゆう》がむずかしくなる。

そこで、洪水による水位のはなはだしい上昇とともに低下を防ぐための解決策として、堰を設ける。つまり堰によって水位の調節を行う。たとえば、冬の間に水位を三尺（約九〇センチメートル）下げておけば、雨が多く台風の襲来する夏に水位が三尺上がっても害がない。この三尺低減は研究調査の結果、港湾や疏水に大きな支障がないことが分かっている。

――その堰の規模について、沖野は「南郷に長さ百間《ひゃっけん》（約一八〇メートル）の石造り」と具体的に述べていた。そして、堰の築造の地点をすでに「道馬ヶ島」とはっきり指定していた。

その開閉にあたっては、「日々の水位」「各年度ごとの近江国の雨量」「湖面の蒸発量」の基礎データをもとに行う。

「（さまざまな局面で）どういう具合に堰を開いてよいかということは、到底私どもの持っている材料では研究はできませぬ。これから改修工事が十年続くのでありますから、十年の間に充分研究するつもりであります」

沖野はそう慎重に持論を進めていた。

演説の中で鈴木がもっとも心を動かされたのは、沖野が工事のもたらす大きな効果とともに、その限界をはっきり、そして繰り返し力説しているところだった。

「除害」といってもすっかり水害は除けない、それを軽減するということである。三年に一度の「普通洪水」（三尺高水《たかみず》）は防ぐことはできる。しかし二十年に一、二回起きる「非常洪水」（六尺高水）に対しては到底除くことはできない計画であること等、工事計画への理解や推進に不利なことを包み隠さず開陳《かいちん》している。

莫大な国家予算をつぎ込み、川の拡幅や新たな河川の開削《かいさく》によって多くの人民の住みなれた土地や住居を奪うという改修工事である。鈴木は、自分には議員やその背後に控える県民に対して、とても沖野が行ったような演説はできないと思った。自分なら、不利になることがらには触れずできうるかぎりの利点を取り上げて話しただろう。そして明るい展望の中で、計画への理解と協力をとりつけようと腐心したにちがいない。

演説の速記録の行間から聞こえてくるのは、満座の聴衆を鼓舞《こぶ》し陶酔させる雄弁の調子ではなく、科学的知見と自然の力に対する謙虚さにもとづく静かな語りかけであった。

しかしながら誰もに、大きな不安が残った。それでは二十年に一度の大洪水の危機には沖野の計画は無力なのか。これについて、沖野は大胆な考えを披瀝《ひれき》した。

「大洪水時には堰をすっかり閉め切ってしまうのであります」

議場がざわつき、不穏《ふおん》な空気が流れたが沖野はかまわず続けた。たしかに全閉によって沿湖に害が生じる。しかしその害は耐えられぬ害ではないと見込んでいる。二十年に一度の大洪水時には、三年に一度の規模の三尺(九〇センチメートル)の水位上昇に加えて、四日間だけ七寸五分(二二センチメートル)水位が上がることになる。その間つまり堰を全閉している間に、京都や大阪の下流の増水は収まり、危険は過ぎ去る。その後に堰を全開する。上流と下流に時間差をつけるのである。堰を全開すれば、一日に三寸以上の水を下げることができる。これまでのように何ヶ月や半年におよぶ湖国の浸水はなくなる。「（滋賀県には）誠にわずかの害を及ぼすということに止《とど》まる。そうして下の方に及ぼす利益は広大なものであります」

上流と下流の利害という話に、議員たちは頭の中で忙しくそろばんを弾いた。瀬田川を閉め切ってしまえば、湖水は出口を失い水位が上がる。水位が上がれば、少なくとも湖岸近くの田畑が水没し民家が浸水する。けっきょく琵琶湖が洪水の調整に利用され、県民が苦しむことになる。なぜ本県が他府県の犠牲にならなければならないのか、そのような被害者意識が議員たちの間に生まれた。しかし、彼等は沖野へ活発に質問を重ねはしたが、大表だって反論しなかった。永年の悲願であった瀬田川の浚渫が本格的に行われること、大洪水時の堰の全閉は二十年に一度でその不利益は多少であること、堰は洪水ばかりか渇水《かっすい》にも対応できること、そして本県だけの利益を考える度量の狭さへのうしろめたさから、議員たちはあからさまな批判を控えた。さらに付け加えれば、沖野の訥々《とつとつ》とした語り口に議員たちのだれもが好感を覚えたことも、沖野の計画が受け入れられた大きな理由の一つだった。彼等は、沖野の演説や答弁の正直さに篤《あつ》い信頼をおいた。

沖野は土木監督署署長として淀川改修工事をはじめた頃、大阪市から築港の工事長を嘱託された。淀川改修工事との二つながらの大役だったが、沖野は見事にその重責を果たした。港の竣工にあたり市議会が巨額の謝礼を議決した。しかし沖野はそれを拒み、頑《がん》として受け取らなかった。

後に沖野は土木局工務課長、内務技監へと昇りつめた。全国の土木工事の主なものは全て彼の裁断を仰いだ。予算権・人事権を一手に握り、内務省のローマ法王との異名をとったほどの人物である。郷里の兵庫県や豊岡から郷土の偉人へ、水害の度重なる円山《まるやま》川改修の陳情と運動が度々あった。しかし彼は、国家的な見地からしてふるさとの川の改修順位はその時期に至っていない、と聞き入れなかった。

この利欲に恬淡《てんたん》で公私に明らかな人柄が、彼の行った演説や答弁からおのずと伝わってきた。沖野が誠実で清廉《せいれん》な人物だとの思いは、この時、議員たちや県の役人たちの心にしっかり根を下ろした。

鈴木が聴取を終えて県庁を去るとき、土木部長が沖野先生は今度いつ来県されますか、といかにもそれを待ちわびるように訊《たず》ねた。再訪を期待されているのが自分でないことに、鈴木は一抹《いちまつ》の寂しさを覚えた。そして、鈴木は東京に向かう列車に揺られながら、沖野が滋賀県に残したものの大きさを思った。

淀川改修工事は、その計画案が帝国議会を通過した明治二十九年に始まった。この年の九月の大洪水が、その工事の速やかな実施を促した。大洪水の被害の大きさを前に、沖野は大阪の土木監督署に第一工区から第三工区の全ての幹部たちを集めて叱咤激励《しったげきれい》した。

「監督署の戦時と相心得《あいこころえ》よ！」

戦時という言葉は、部下たちの心に現実味を帯びて響いた。この年の前々年、明治二十七年に我が国と清《しん》国の間に戦争が勃発《ぼっぱつ》し、その翌年日本は戦勝国となっていた。

そして、この大工事も京阪要地の死活のみならず、我が国の浮沈にかかわる重大事であり、失敗はそのまま亡国につながる――。水を治めるものは国を治める。淀川改修工事は沖野とその部下たちにとって、まさしく我が国の近代化と経世済民のために総力を注ぐ、「自然の猛威との戦《いくさ》」であった。

これまでの河川工事は、人トロ、馬トロで行われてきた。人や馬が汗を流し、土木工事用のトロッコを引っ張ったのである。沖野はこれを全面的に改めた。我が国の土木工事に、初めて機械を本格的に導入したのである。大型機械は、ほとんど外国から輸入した。その購入のため、沖野は部下数名を欧州へ派遣した。フランスの留学から帰国したばかりの鈴木も、機械の選定に加わった。派遣された技師たちは、沖野の指令どおり彼の地で競争入札および随意契約により、遅滞なく機械の購買手続きを済ませた。

輸入した主な船舶や土工機械は次のようなものだった。

浚渫船　六艘　ドイツ製
掘削《くっさく》機　三台　フランス製
梯形土揚《はしごがたつちあげ》機　三台　ドイツ製
底開土運《ていかいどうん》船　五艘　ドイツ製
側開土運船　五艘　ドイツ製
土運車　六六〇台　イギリス製
汽関車　六台　イギリス製
ドコービール（機関車）車両　七六〇台　フランス製

一方、日本製は

曳船用小蒸気船　六艘
ショベル　五〇〇〇個
枕木　一五〇〇〇本

などであった。

いくら精密で頑丈な機械でも、不具合が生じたり壊れたりする。その度に、外国へ新しい部品や機械を発注することは、数ヶ月におよぶ日数の浪費であり不経済でもあった。沖野は、土工機械の修理や国産の機器・工具を製作するため、淀川用（中・下流）と瀬田川用（上流）の工場をそれぞれ運河沿いと湖畔に建設した。また、淀川改修工事区の全域に特設電話を張り、日常の情報交換や洪水時の緊急連絡に用いた。

沖野は機械を整えながら、同時にもう一つの大難事を進めていた。土地の収用である。十年前の木曽川改修工事では、当該年度に施工する土地だけを収用した。その結果、次年度に施工予定の土地が高騰《こうとう》し予算不足になった。木曽川の教訓から、沖野は土地全ての買収を終了した後に、一挙に工事に着手する方針を採った。

数本の派川をまとめて新しい淀川を通すための用地獲得という高い壁を乗り越えて、大阪府下の土地収用、家屋移転は明治三十年度中に終えた。その直後の明治三十一年度、第一工区（大阪付近）が起工した。次いで京都府下を中心とする第二工区も順調に運んだ。滋賀県下は収用反別《たんべつ》がわずかで、大阪府下の約百分の一であった。下流から進めてきた土地収用は、上流の瀬田川で完了する。計画では明治三十三年度中に、第三工区の瀬田川筋の土地買収・移転の処理を終わる予定であった。

しかし、その瀬田川で思わぬ事態が起こった。大日山を切り取ることに反対だ、と地元の住民たちが「工事中止！」の声をあげた。

鈴木は狼狽《あわ》てた。

三　大日山

瀬田川の南郷《なんごう》に、「淀川改良第三工区事務所」が設置されたのは、明治三十三年（一九〇〇）四月のことだった。

三年前には淀川水系の大阪の第一工区が、つづいて京都を中心とする第二工区で、すでに改修工事がスタートしていた。

「所長の就任ならびに事務所の開所、まことにおめでとうございます」

大阪でもたれた年度初めの幹部会議後に、第二工区の所長が満面の笑みを浮かべ、第三工区の初代所長に抜擢《ばってき》された長澤忠《ながさわちゅう》に、そう声をかけてきた。そして、

「いよいよですね」

と、改修工事を統《す》べる沖野忠雄《おきのただお》土木監督署署長から第二工区を任されたときの光栄と重責の感興を思い出すように、付け加えた。

「ええ、今日の会議で改めて身の引き締まる思いをいたしました」

そう応え、急いで事務所のある滋賀へもどろうとする長澤の足を引き止めたのは、以前から懇意にしている第一工区の主任技師だった。

「下流部の私どもの命運は、一《いっ》に上流の瀬田川工事の成否にかかっておりますゆえ、長沢所長殿のご手腕を期待しております」

長澤は相手の燃えるような目を見つめ、差し出されたその手をしっかり握り返した。

先程もたれた幹部会議では、各工区からの報告が順次行われた。

第一工区では、長柄《ながら》運河の開削《かいさく》や毛馬閘門《けまこうもん》工事そして派川をまとめる大工事の進捗《しんちょく》具合が、事細かに説明された。第二工区では、宇治川を淀川の南へ付け替え巨椋池《おぐらいけ》と分離する工事を中心とした報告があった。

会議を仕切る沖野は、技術的なことがらや工程についていくつか問いただしたが、いずれの工区もとりたてて問題もなく工事を順調に進めていることに、至極《しごく》満悦だった。

いよいよ第三工区の番が廻《まわ》ってきて、長澤は就任の挨拶もそこそこに、配付済みの資料をもとに工事計画の概要説明を行った。

長澤は、他の工区とおなじように、土地の収用や家屋の移転を全て済ませた後に工事を始める原則を、まず確認した。

「今年度内に地元住民から所要の承諾を取り付け、おそくとも来年の三十四年度には河岸の築堤工事に入りたい所存であります」

きっぱりした口調で、そう切り出した。他の工区に比べ収用反別《たんべつ》が僅少《きんしょう》だったことから、長澤には迷いがなかった。それより彼は、浚渫《しゅんせつ》工事に力点をおいた。

「しかしながら、瀬田川の浚渫は今月から着手いたします」

長澤の明るい声に、出席者の幾人かが机上から目線をはずし、発表者の顔を仰ぎ、ふたたび手元の資料に目を凝らした。

「湖口より南郷まで約五十町(五キロメートル)にわたり、河幅《かわはば》六十間(一〇九メートル)、水深は現在の常水位以下十二尺(三・六メートル)に浚渫いたします」

そのため、浚渫船、底開土運船、側開土運船をヨーロッパ各国から買い入れ、いつでも操業できるよう琵琶湖および瀬田川に浮かべていること。曳船《えいせん》については国産であり、それらは人夫の運搬にも使用するつもりであるゆえ、事務所のある南郷に繋留《けいりゅう》していることなどを、資料に添付した船舶の写真を示しながら長澤は詳説した。

説明が一区切りつくたびに、幹部会のメンバーは互いに活発な質問や意見を交わし合った。それは、沖野署長が出席者にもとめた普段の会議の風景であった。

「水底を浚《さら》った砂や泥はどうされるおつもりですか?」

「瀬田川に東海道線の鉄橋が架かっておりますが、そこから三里(一二キロメートル)はなれた堅田《かたた》沖の湖中を予定しています」

「浮御堂《うきみどう》のある堅田ですな」

長澤はうなずいた。

長澤が宣言したように、浚渫は予定どおり明治三十三年の四月からはじまったが、工事は明治四十一年までの長きにわたって行われた。

その間に捨土《すてつち》の場所は、運搬時間の短縮を図るため鉄橋からもう少し近い埋め立て地や、湖の深処《しんしょ》に変更された。

「大日山《だいにちやま》はどうされるおつもりかな?」

はじめて耳にする山名だった。おおかたの幹部たちは川の工事の会議に山が話題にのぼったことに小首を傾《かし》げ、その発言者を探した。

質問は、沖野からのものだった。長澤は(さすがは署長殿)と思った。大日山は瀬田川工事の難題の一つだった。

長澤は随行の部下を自分の傍《かたわ》らに呼び寄せると、出席者全員が閲覧できるよう椅子の上に立たせ、瀬田川流域の平面図を拡げさせた。その図の余白には、黒々とした崖の上に樹木を繁らす小山の形状が立体的に描かれ、色さえ施されていた。

「ここが、署長殿のご指摘の大日山でございます」

長澤の持つ指示棒が、その山の上に置かれた。

両手を拡げるように川の流れを塞《ふさ》いでいる山に、だれもが唸《うな》った。準備の抜かりなさに、沖野が口ひげを撫《ぶ》した。

「現在、山の緑樹は官有保安林につき、その解除の手続きをとっております。同時に、山の岩盤実況を閲《けみ》し、試掘を行う予定です。調査が終わり次第、山の切り取りの範囲や方法等について見極めたいと思っております」

「よろしいでしょう」

沖野から第三工区の計画全般について同意と評価をもらった長澤は、自信と誇りにみたされた体を一刻も早く滋賀へ運び、そのことを所員に伝え、明日からの仕事につなげたかった。沖野が近いうちに滋賀を訪ねるとの約束も、長澤の心を急《せ》かした。

長澤が大阪へ出張している間に、滋賀では予期せぬ事件が起こっていた。

南郷の対岸の黒津《くろづ》村から、村の代表者と名乗る住民数名が強張《こわば》った顔をして開設したばかりの事務所にやって来たのだ。

「大日山の切り取りは、どうぞ堪忍《かんにん》していただけないでしょうか？　でなければ、私どもは工事に反対せざるを得まへん」

物腰は柔らかだったが、その代表たちの表情には並々ならぬ決意がこもっていた。

所長の補佐役として事務所の留守を預かる鈴木は、狼狽《ろうばい》した。鈴木は平静をよそおいつつ、その理由をたずねた。

話は、遠く奈良時代にさかのぼった。諸国を遊行《ゆぎょう》しながら、橋をかけ堤を築くなど治水工事を行い、貧しい人々を助けた高僧行基《ぎょうき》が、琵琶湖の洪水を防ぐために川中に突き出た大日山を切り取ろうとしたが、祟《たた》りがあるとして断念した。そして、山頂に大日如来《だいにちにょらい》を祀《まつ》った。それ以降、明治の今日まで大日山に手をつけた者は誰もいなかった。その山すそにある黒津村は、世々代々、大日如来をあがめ篤《あつ》く信仰してきた。その山を削ることは仏の御体《ごたい》を削ること。信心に背く、畏《おそ》れおおき所業《しょぎょう》である——。

(俗信!)

黙って耳を傾けていた鈴木は、そう心の中で一蹴《いっしゅう》した。ただちにその村人の蒙《もう》を啓《ひら》かんとしたが、鈴木はこらえた。ことを急いで、いたずらに波風を大きくしてはならぬ。それに出張中の所長の判断を仰がないままの対応は、つつしまねば失点になりかねないとの保身の思いが、鈴木を押しとどめた。

「申し入れはたしかに伺いました。後日、改めてお話をさせていただくことになろうかと存じます」

田舟《たぶね》に乗って対岸へ帰っていく村人を事務所の窓から眺めながら、鈴木は大きくため息をついた。

大阪から帰ってきた長澤も、鈴木からの報告に工事の出鼻をくじかれた気がして、顔を曇らせた。

「所長殿、ここは、私にお任せ願えませんか?」

鈴木は、自分をはげますように申し出た。(今は文明の世の中である。少し手間はかかるだろうが、古い迷信は容易に退けることができる)。鈴木には成算があった。滋賀県の議会で沖野が行った演説が、鈴木の頭に浮かんでいた。彼は、借家住まいの自宅にもどったら、あの沖野のスピーチの速記の写しを精読しよう、と思った。(議員たちを説得することができたのなら、一般庶民を説き伏せることなど何ほどでもない——)

所長の許しを得た鈴木は、急いで嘱託《しょくたく》員の片岡を呼んだ。

嘱託員とは、地元の者で事務に精通し経験と信望があるものを、土地や家屋の収用に当たらせるため雇い入れた臨時の職員だった。所員とともにその職務を行わせ、交渉の円滑を期したのである。

片岡は、唐橋近くの石山の住民だったが、元は黒津の出身で部長職を最後に町役場を退いたばかりの男であった。

「やはり、申し入れてきましたか」

片岡は鈴木の話をさして驚きもせず受け止めた。

「分かりました。さっそくに説明会の場を設けましょう。こういうことは早いほうがよろしい。火の手が大きくならないうちに」

自分の父親と年恰好の似通う点もあったが、のみ込みの早い片岡を、鈴木は頼もしく思った。

翌週の日曜日、説明会が黒津でもたれた。集会所に使われていた空き家の古民家に、村人たちが集まってきた。事務所側からは、鈴木と片岡と記録係の所員の三名が出席した。

奥座敷の壁面に滋賀県地図を吊るし、鈴木は淀川水系全般から説き起こすことを控え、内容を琵琶湖と瀬田川にしぼり、これまでの洪水の歴史とその被害の状況を分かりやすく村人に話した。とりわけ明治十八年と、人々の記憶に新しい明治二十九年の未曽有《みぞう》の大洪水について、惨状きわまる実態を伝え、改修工事の必要性を力説した。話の核心は、むろん瀬田川の浚渫、そして南郷と黒津を結ぶ大堰《おおぜき》の築造であった。川の通水をよくするためには、川の浚渫とともに大日山の切り取りが不可欠であること、それができなければ、洪水や渇水を防ぐために水量を調節する堰は、むしろ水底に砂を溜《た》め込み流れを滞《とどこお》らせる二つ目の大日山になってしまうこと等、理を尽くし情に訴えて説いた。話の内容には鈴木なりの苦心はあったが、その大筋は沖野の演説のトレースだった。

「なにとぞ御国の事業にご理解たまわりたく存じます」

頬を紅潮させた鈴木が、上意《じょうい》の黙《もく》しがたいことを声に響かせて話をしめくくった。

「質問は、ございませぬか」

進行役の片岡がすかさずそう呼びかけて、座敷を見回した。

「ござらぬようで。それでは、意見は？」

最前列に先日事務所にやってきた村の代表者たちが並んでいたが、胡坐《あぐら》の上半身をゆすっただけで、手を挙げることはなかった。

「以上で」と、片岡が長机に両手を突っ張って閉会を告げようとしたとき、座敷の後ろからうめくような声があがった。

腰の曲がった老人が、隣に座っている村人の肩を杖《つえ》替わりに、ゆらりと立ち上がった。

老人は暫時《ざんじ》目を閉じた。そしてカッと目を開くと、一つ深い息をついた。

「鈴木どの、あなたさまは、なにも、お分かりになって、おいでてない」

老人は一言一言《ひとことひとこと》かみしめながら、そう申し述べた。あたかも未熟な若者を諭《さと》すような口調だった。

「彦《ひこ》……」

と言いさして、片岡が中腰の姿勢で、発言した老人を見つめた。老人はそう言うと、そのまま座敷から土間へ降りた。村人たちが黙ってぞろぞろと老人に従い、屋敷の外へ出て行った。がらんとした座敷に、事務所側の三人が取り残された。

（あれは）と、鈴木が片岡に目顔《めがお》でたずねた。

「佐倉彦九郎《さくらひこくろう》です」

（彦九郎？）

「あッ」

鈴木は短く声を発した。彦九郎は、鈴木がはじめて来県した折、大日山の山中で出会ったあの堂守《どうもり》の老人だった。

後味の悪い会の終わり方だった。てきぱきと地図を仕舞い戸締りをしている片岡や所員を、鈴木は放心したようにぼんやり眺めていた。

「鈴木様、心配は無用です」

片付けを済ませた片岡が、そう言いながら鈴木の正面に端座《たんざ》した。

「大日山は国が所有しておりますゆえ、切り取りに何の支障もありません。それに、村人のすべてが工事に反対している訳ではございません。座敷を出て行くとき、すまなそうに頭を下げていた男たちがいたことを、鈴木様もご覧になったでしょう？　彼らは工事の人夫《にんぷ》として雇い入れた者たちです。今後も、工事の規模が大きくなるにつれ、多くの労働力が必要となってきます。黒津や南郷からできるかぎり雇用することです。鈴木様いいですか、今日の説明会をもって、村からの申し入れの件は落着しました」

片岡は鈴木に事務所への帰還をうながした。

事務所で明日の所長への報告の内容を確認して別れるとき、片岡が念を押すように鈴木に進言した。

「ただし、大日山の工事からは両村の人足《にんそく》は外したほうがよろしいでしょう」


五月の初め、沖野署長が滋賀の工区を視察するとの連絡が事務所の特設電話に入った。随行はつけず瀬田川を訪れる前に滋賀県庁に寄るとの予定を聞いていた鈴木は、時間を見計らって人力車で県庁に向かった。途中、沖野署長を乗せる車をもう一台雇った。

沖野は、県庁の土木部にて、すでに顔見知りであった幹部職員たちと談笑していた。

「近江の地の珍しい味には、何がありますかね」

工事関係の聴取や協力依頼を済ませた雑談の中で、酒は一滴も飲めなかったが食道楽できこえる沖野がたずねた。

「はい、鯉の煮付けや鮎の甘露煮《かんろに》、それにしじみ汁などがありますが、湖魚の珍味と言えばなんといっても鮒《ふな》ずしが一等です」

土木部長が胸を張るように、そう応えた。

「鮒ずしですか。たしか蕪村《ぶそん》に『鮒ずしや彦根の城に雲かかる』がありましたね」

「おそれいります。先日来県した人が鮒ずしを家づとに買い求めたのですが、帰りの汽車のなかでその包みを開いて仰天した、という話がございます。その人は、こりゃ腐っておる！　と、ためらいもなくそれを車窓から投げ捨ててしまったそうで。もったいないことでした」

沖野が、額の上にある銀貨ほどの白髪の塊《かたまり》に手を当て、声をあげて笑った。

「署長殿に、ただいまお車のお迎えがまいりました」

秘書からその知らせを取り次いだ課長が、沖野に伝えた。それを耳にした沖野が、一瞬怖い表情をしたのを、その場に居合わせた土木部の幹部たちは気が付かなかった。

県庁の暗い廊下から明るい陽射しの玄関へ出ると、鈴木が直立し、その脇に二台の人力車が控えていた。

それを目にした沖野がいきなり、周囲をはばからぬ声で一喝《いっかつ》した。

「迎えは要らぬと伝えておいたはずだ！」

見送るために沖野に付き従って来た職員たちは、呆気《あっけ》にとられた。

「公の工区事務所の所長補佐たる者、こんなことで実地を離れてはならぬ！」

短躯《たんく》をふるわせて沖野が激昂《げっこう》するようすに、温容で沈着な姿しか知らぬ県の職員たちは恐懼《きょうく》の念さえおぼえた。迎えに来た鈴木は黙したまま、固まっている。

「私は湖岸の機械工場に回ってから事務所へ参る。君はただちに現場へもどりなさい」

雷の声がいくぶん和らいでいた。

湖岸の機械工場とは大阪の分工場で、淀川改修にあわせて新たに作られものであり、欧州から輸入した大型機械の修理、工事に必要な機器や工具の製作、こまごました物品の自前調達などを行うための施設だった。

沖野を乗せた人力車が視界から消えるまで、鈴木も県庁職員も軽く頭を下げた姿勢で見送っていたが、各々、国民の公僕たるものの心構えと、幹部の職責に深く思いをいたした。そして土木にたずさわる技師たちが力を尽くすところは、あくまで工事の現場であることを、しっかり心に刻んだ。

沖野が南郷の「第三工区事務所」に着いたのは、昼時だった。沖野は昼飯は工場ですませてきたと言い、迎えに出た鈴木に鞄と帽子をあずけた。県庁での落雷がうそのように、沖野は光風霽月《こうふうせいげつ》、すこぶる機嫌良く、事務所の所長室に入ると煙草を燻《くゆ》らせた。

事務所の周りには、先月から始まった瀬田川の浚渫にかかわる人夫が、大勢働いていた。いまは昼の休みということで、彼らはそれぞれの持ち場を離れ、飯場《はんば》のバラックにもたれて煙管をつかい、あるいは岸辺の松林の砂地に寝ころんだりしながらくつろいでいた。

「あの若者はだれですかね？」

事務所の窓から外をながめていた沖野が、長澤所長にたずねた。

長澤は沖野の指さす岸辺を探した。

「曳船の陰で本を読んでおります、あのいがぐり頭の若者でありますか？」

大の読書家でもあった沖野は、書物を拡げている者にはおのずとやさしい視線を注いだ。

読書といえば、こんなことがあった。部下が沖野の自宅に年始に伺うと、彼は元旦から高等数学のむずかしい原書を読んでいた。また、沖野は出張中にはつねに各種の本をたずさえ、一日の用務が終われば疲労もものともせず宿舎の寝床でそれを繙《ひもと》いた。

ここは屋内の書斎ではなく工事現場である。それにもかかわらず寸暇《すんか》を惜しんで書物に没頭している少年のその姿を、沖野は殊勝なことだと思った。

「吉田昇《よしだのぼる》と申します」

長澤は、十五歳の若者の略歴と雇い入れた経緯を、かいつまんで沖野に説明した。

吉田は地元の高等小学校卒業後、京都へ出て商家の丁稚奉公《でっちぼうこう》をしていたが、瀬田川に工区事務所が置かれることを聞きつけて、どうしても雇ってほしいと長澤に直談判《じかだんぱん》してきた。幼友だちを瀬田川の洪水で失ったらしく、「悔しくて仕方ない、自分も工事のお役に立ちたい」と懇願した。その話にまことを感じて、人夫としては年齢や体力の上でまだ少しばかり早いことから、事務所の清掃・整理や湖畔の工場などとの連絡係に雇用することになった——。

「手にしている書物でございますか？　書名などはっきりとは存じませんが、鈴木技師から土木関係の入門書を借りたようでございます」

「うむ」

沖野の目線に力が籠もった。向学心に燃える若者を、彼は幾人も書生《しょせい》として自宅に養っていた。出身大学にも学生のための英育費を献《けん》じていた。

しかし、沖野が一心に書物を読んでいる少年を熱く見つめているのには、もう一つ別の理由があった。

沖野には四十半ばになるこの齢まで、子どもがなかった。彼と彼の妻は、もう子どもを授かることは、あきらめていた。その寂しさが、書生へ学費を給する篤行《とっこう》につながっていた。

（少しばかりおそいとしても、筆《ふで》との間にあの年頃の子どもがいてもおかしくはない）と、沖野は詮無《せんな》いことを考えていたが、その迷いを振り払うかのように、彼は長澤に命じた。

「所長さん、あなたの作成された洗堰の設計図を見せてもらいましょう」

瀬田川の浚渫とともに第三工区では、まず川の流れをさえぎるように突き出ている大日山の部分を掘削しなければならなかった。しかし、その工事を水上から行うことは不可能だった。切り立った崖が、工事船を寄せ付けなかった。かりに船を何とかつなぎ止めることができたとしても、崖を巻く激流が、船を翻弄《ほんろう》することは目に見えていた。まして工夫を川に浸《つ》からせ岩を削ることは、奔流と幾尋《いくひろ》もある水深を考えれば狂気の沙汰だった。

大日山は頂から攻略する。そう、事務所は衆議一決《しゅうぎいっけつ》した。

申請していた山の緑樹を伐採する許可が、所轄庁からおりた。すぐさま大日山の雑木を切り払うため、技師を頭《かしら》に担当のチームが編成された。無論、片岡の忠告が取り入れられ、黒津や南郷から雇い入れた地元の人夫たちは、できうるかぎりそのチームから外された。そして、全国の工事現場から、砕石《さいせき》や石切の技術を持った工夫が呼び寄せられた。

工事初日、鈴木が担当技師と共に陣頭指揮をとった。鈴木に率いられた人夫たちが瀬田川から黒津村にあがった。大日山に向かう彼らの手には、鎌や斧《おの》や鋸《のこ》や縄が握られていた。麓《ふもと》に着くと休む間もなく、彼らは狭く急な山道を列をなして登っていった。先頭の技師が足を止め、列に渋滞が起こった。大日如来の御堂へつづく石段下に、村人たちが人垣をこしらえていた。山の頂への道は、参道しかない。

「道を開けてください」

技師が村人を見回した。村人が黙ったまま彼を睨《にら》んだ。

「工事の邪魔をされるつもりですか」

技師が語気を強くした。やはり返事がなかった。技師はかまわず前へ踏み出した。人垣が無言で彼を押し返した。

「お国に逆らうおつもりですか」

脇に控えていた鈴木が、高飛車《たかびしゃ》に言い放った。

ひるんだ人々の心のゆるみを衝《つ》いて、技師が人垣をこじ開けた。人夫がそれに続いた。人夫たちは頂に着くと下草を刈り、崖の先端部までの道をこしらえた。そうして、道の両側から喬木《きょうぼく》を倒していった。順調に作業は進んでいったが、毎回参道の石段下で村人との間に一悶着《ひともんちゃく》があった。鈴木は初日こそ技師に同道したが、あとは担当技師の指揮に委ね、瀬田川の工事全般に目を配った。しかし、技師から「今日も村人の抗《あらが》いにあいました」との報告を受けるたび、鈴木は憂鬱な気分になった。

「なあに鈴木様、ご懸念はいらぬことでございます。工事拡大に従い採用の員数が必要となるたびに、黒津の住人を優先的に人夫として雇用しております。櫛《くし》の歯のぬけるように、しだいしだいに大日山に集まる村人は少なくなっていくでしょう」

片岡が、作成書類を鈴木に提出しながら言い添えた。片岡が言うように、日を追い月を追うごとに作業員の行く手をふさぐ人垣の数が減っていった。

伐採した樹木は、崖の端《はな》まで運び、そこから瀬田川へ押し出した。倒木は山肌にとどまることなく、残らず切り立った崖から眼下の川へ真っ逆さまに落ちていった。流れの緩《ゆる》やかになった川下で、それらを引き上げることは簡単な作業だった。

大日山の頂部の半分が、丸刈り頭のようにすずしくなった。ひらけた岩の上に立つと、対岸にある南郷の木造瓦《かわら》葺《ぶ》きの事務所や飯場、それに瀬田川の川上に浮かぶ浚渫工事の大船・小舟が黒い煙を上げながら忙しく動いているのが、手に取るように見てとれた。後ろを振り返れば、赤土ばかりの田上《たなかみ》の山並みも眺められた。

次は、石工の出番だった。彼等は崖の上から水際に下りるため、岩に刻みを入れた。階段をこしらえ作業の足場を確保するためだった。

「どうにも薄気味が悪い」

「なんとかしてもらえませぬか」

「山へ入る気が失せてしまいます」

工夫たちが口々に監督技師に訴えた。参道下の人垣は消えたが、新たな問題が出来《しゅったい》したのだ。

早朝、全身白装束《しろしょうぞく》の老人が大日山の岩頭に現れたのだ。その翌日、夜来《やらい》から激しく雨が降り続いていたが、その老人はやはり岩の上に白い姿を見せた。蓑笠《みのかさ》もつけず全身ずぶぬれになっている。肌に貼り付いた単衣《ひとえ》から、浮き出たあばら骨が透けて見えていた。

「彦九郎！」

鈴木は事務所の窓から大日山の崖を仰いで、おもわず叫び声をあげた。

鈴木は、彦九郎が毎朝瀬田川の水を鉄鉢《てっぱつ》に汲み、山頂まで運んで大日堂に供えていたことは知っていたが、まさかそのような奇行に及ぶとは思いもしなかった。

「工事の邪魔をすることはないと聞いていますゆえ、鈴木様、打っちゃっておきましょう」

嘱託員の片岡は、あいかわらず平然と受けとめていたが、今度ばかりは、なぜか鈴木は冷静な気分ではいられなかった。事務所からの再三の警告にもかかわらず、老人は毎朝、崖の上に現れた。白い着物姿が薄明《はくめい》の山の上にたたずんでいる光景は、たしかに見る者に畏れに似た感情を抱かせた。工夫たちの働きに、はっきりと目立ちはしなかったものの、どこか取り組む姿勢に鈍さが生まれはじめてきた。

それでも工事は予定どおり進み、水際までの階段が完成した。そこから、さらに水面と平行するように崖の岩肌の上下に幾筋も足場用の溝を掘り進む計画だった。

「昇君」

鈴木に呼ばれて、吉田昇は事務所へあがる木製階段のぞうきん掛けの手を止めた。

「大津の工場へ、これを届けておくれ」

「はい」

気持ちのよい返事をして、昇は桶とぞうきんを片づけ、鈴木から書類袋を受け取った。昇は、その布製の袋を肩から斜《はす》に掛けた。南郷の事務所から湖畔の機械工場まで片道二里（八キロメートル）ほどあるが、昇は苦にはならなかった。これまで数度、工場への使いを命じられたが、道中はたのしかった。若い体が、心地よい汗をかいた。それに、復路は事務所にもどらず唐橋を渡ったところにある自宅にそのまま帰っていいことになっている。

書類袋の中は見なくとも、昇には分かっている。瀬田川の浚渫工事が精力的に行われるに従い、外国から取り寄せた機械に不具合が生じてきたのだ。

理由はいくつかあったが、そのうちの一つは、浚渫が予想外に難工事であったからだった。川底に積もった砂や泥を浚うのはむずかしくはない。しかし、その下に頑固な粘土層があり、場所によっては硬い岩盤が横たわっていた。それらは、土工機械に少なからぬダメージを与えた。もう一つの大きな理由に、技術者が機械の操作に習熟していないことがあった。外国製のものであり、我が国で初めての本格的な機械による浚渫工事であったため、誤操作による故障が絶えなかった。そのたび、早急に部品を修理した。修理がかなわない場合は取り替える必要が出てきて、事務所ではその部品の設計書を作成した。担当は、設計に明るい技手がもっぱら行った。

部品の形状・材質・機能を書き込み完成図を添付したものが、昇が肩から吊るしている袋の中身だった。その設計図をもとに、大津の湖畔の機械工場で部品が成形加工された。

昇は南郷から徒歩で、瀬田川沿いの土の道を早足でのぼって行く。すぐに竹林にさしかかる。そこでは、対岸の大日山がすぐ手の届くところにせり出している。崖に取りついた工夫たちが、鑿《のみ》を岩に打ち込んでいる。掘削機《くっさく》で岩に孔《あな》をあけている。昇はその竹の林の前を通るときは、いつも着物の襟《えり》をととのえ、胸のところで手を合わす。そこは、明治二十九年九月の瀬田川の大洪水によって、住んでいた舟小屋もろとも流され、溺れて亡くなった幼友だちの、あの「こうちゃん」が見つかった場所だ。当時高等小学校に通っていた昇は、あのときのことを昨日のことのように覚えている。

石山寺の前をすぎ、瀬田の唐橋を右手に見て、石山の町へ入る。そこから工場まであと一里ほどだ。途中、警察の派出所の前を通るが、もうそこには後藤巡査はいない。三年前、ここから遠く離れた湖北の町へ転勤していった。それを知りながらも、昇は派出所前で足を止め、中をのぞいてみる。

(ひょっとしたら、後藤巡査がもどってきているかもしれない)

大津の工場へ書類を届け終わると、昇は寄り道もせず唐橋を渡って母の待つ家へ、まっすぐ向かった。

（土蔵で暮らすのも、あと少しの辛抱だ）

橋を渡る昇の足取りが、軽い。空《から》になった書類袋が、昇の腰のあたりで踊っている。

来月から、昇は母と二人で南郷村の借家で暮らすことになっている。小さい家だが、親戚の土蔵で肩身の狭い思いをして日々を暮らす窮屈さから、やっと解放され、母子みずいらずの生活がはじまる。長澤所長のおかげだ。所長が南郷にある飯場のまかないに、母を雇い入れてくれたのだ。


「さきほど東京の沖野署長殿から、帰阪の途中、事務所に立ち寄るとの電話連絡が入りました」

事務員が、現場の巡回からもどって来た鈴木に伝えた。

「所長とご一緒に参られるのか？」

「いえ、長澤所長殿は内務省でさらなる聴取があり、東京でもう一泊されるそうであります」

三日前、長澤は洗堰の設計書の件で国と協議をするため、沖野に同道して上京した。

「明日お見えになるのだな」

鈴木は念を押して、汽車の時刻表を事務員に持ってこさせた。大津の機械工場も視察されるということゆえ、事務所到着は午後になるだろうとの見当をつけた。最寄りの駅への迎えを手控えることは、肝に銘じている。

（明日は滋賀にお泊まりになるかも知れぬ。そうなれば接待をいかようにすればいいのか）

長澤の助言を望めない鈴木は、あれこれ気をもんだ。

その当日、鈴木は朝から落ち着かなかった。鈴木は用もなく何度も事務所を出たり入ったりした。正午が過ぎると、たまらず鈴木は事務所を出て堤に上がった。そして、右岸の川沿いの道を事務所に向かってくる人力車を、じっと待ち受けた。沖野が淀川の各工事現場を巡察するときは、きまって一人で人力車でやって来て、また一人で帰っていくことを、鈴木は長澤から伝え聞いていた。

「昇君、大日山の向いの竹林まで行って、沖野署長殿の車が見えたら合図をたのむよ」

そんな鈴木の細心さは、沖野の大胆さに裏切られた。

沖野は、曳船に乗ってやって来た。大津に回った便船《びんせん》があったのだろう、沖野は船から岸へ渡された板をしなわせ降りてきた。いつものメリケン帽に半ズボン、革の長靴《ちょうか》の姿である。鈴木は慌てて、たたずんでいた堤から曳船の方へ駆け出した。息を弾ませ腰を折った鈴木の頭に、またぞろ沖野の雷が落ちた。

「甲板にこんなものが落ちておったぞ!」

沖野の手に、錆《さ》びたスパイキが握られている。

「螻蟻潰堤《ろうぎかいてい》!」

「はあ?」

「重大な事故は小さな油断から生ずることを、君ほどの者が分からぬのか!」

沖野の憤怒《ふんぬ》の形相に、鈴木はケラのように平伏《ひれふ》した。大工事であればあるほど小さな道具一つをなおざりにするこころの緩みが大きな危険を招くのだと、沖野は厳しく戒めた。

事務所にはいると、沖野のさきほどの雷はすっかり遠ざかり、鈴木が説明する工事の進み具合に、おだやかな表情で耳を傾けていた。

「鈴木技師、浚渫船への工夫を思いついたのは、流石《さすが》だね」

硬い川底の浚渫がなかなかはかどらず、その打開策にバケットに爪を装備したことを伝えると、すかさず沖野が鈴木のアイデアを褒《ほ》めた。沖野は部下を叱りとばすばかりのリーダーではなかった。

説明後、鈴木は沖野を大日山の頂へ案内した。

頂に展望所があり、そこから瀬田川に浮かぶいくつかの浚渫船が眺められた。船は黒煙をあげ、にぎやかな機械音をたてていた。川底から浚ったバケットの土砂が、川面に水を滴《したた》らせている。黄色く濁った川水へ曳船が白い航跡を引いている。その澪《みお》の先に、青い帯の琵琶湖がのぞいている。湖の奥には、比良《ひら》の峰々が北の方へ連なる。

「いい景色ですね」

沖野のその「景色」の中に、湖国の風光とともに川面を上り下りする工事船の姿があることを、鈴木も承知していた。

「官民手をたずさえて、みんなこうして新しい国づくりのために汗を流している。尊いことだ」

沖野がしみじみ感懐をもらした。

「しかし、残念なことに国の制度や組織が整うにしたがい、官吏の方に心得違いが出はじめている。自分が国を動かしているという自負が、ともすれば過信や思い上がりにつながり、知らず知らず国の民を見下している。人々が頭を下げているのは、その者の地位や立場に対してであってその者の人格でないことが、分かっておらぬ。鈴木技師、お互いにそのことに充分心しておきたいものだね」

鈴木は沖野のことばを一般論として受けとめ、所長補佐を務める自分への諭《さと》しであることに気付いていなかった。沖野のように吏道《りどう》について深く自覚するには、二十代の鈴木は、まだまだ歳月と経験が必要だった。

再び事務所に向かう途次《とじ》、工具小屋の前にいた若者から、沖野は元気のよいあいさつを受けた。

「ごくろうさま。君は、たしか、吉田昇といいましたね」

そう名前を呼ばれて、昇は跳び上がるほど驚いた。自分のような下働きの者の名前を、一生手の届かぬような位にいる沖野が知っていた光栄に、天にものぼる気持ちだった。

「昇君、所長殿がお呼びだ」

鈴木が事務所の床を掃き清めている昇に、声をかけた。昇は、鈴木技師や所長が自分を呼び捨てにせず、君付けで呼んでくれるたびに、とてもいい気持ちになった。小学校しか出ていない無学の者に、大学を出た偉い方たちは、当たり前のようにていねいなことばで話しかけてくれる。

小学校時代、いつも自分をそう呼んでくれた幸太のあの「ノボル」の親しさとは少し違うけれど、「昇君」には大人の情愛がこもっている。

（ノボル、よかったなあ）

幸太が生きていたら、きっとそう言ってくれた気がする。

昇が所長室に呼ばれたのは、東京の出張からもどった長澤に大阪の沖野から電話が入ったからだ。用件は、昇のことだった。

先日東京からの帰途、南郷の事務所に立ち寄ったとき、沖野は昇の振る舞いに感心したのだという。工具小屋の脇に乱雑に積み上げられていたスコップを、昇が黙々と整えていたのに、いたく感じ入ったという。

長澤は自分がほめられたようにうれしく、昇が所長室に現れるや相好《そうごう》をくずして迎えた。

「わざわざ、沖野署長からお電話があったよ」

いまだに信じられないという風に、長澤は沖野からの褒辞《ほうじ》を伝えた。

「良き行いは、自ら喧伝《けんでん》しなくとも、必ずだれかがご覧になっているものだね。このたびのことを励みに、引き続き仕事に精を出しなさい」

「はい！」

昇は、さわやかに返事をした。

「ところで、お母さんとの暮らしはどうですか？」

「お陰さまで、母と二人で安らかに暮らしております。母はいつも、所長様がお世話してくださいました飯場のまかないが、とてもやり甲斐があって楽しいと喜んでおります」

「それはよかった」

長澤も嬉しそうにうなずいた。

「そうそう、昇君、学びはじめた土木の勉強の方は進んでいますか？」

「はい。鈴木技師様からご本をお借りして読んでいます。でも、難しい言葉や数字がたくさん出てきて、ときどき頭が痛くなります」

長澤が明るく笑った。

「そんなときは鈴木技師に、遠慮なくたずねなさい。私からもお願いしておきましょう」

長澤は向学心に富む若者にそうやさしく言葉をかけたが、その直後、

「にわかのことですが」

とその声音《こわね》を、少し改まった口調に変えた。

「昇君に、私から一つ頼みがあります」

昇はどのようなことでも受け入れる前向きさで身を乗り出し、長澤の次の言葉を待った。

「事務所の用務に加えて、是非に地元との交渉班に入ってもらいたい」

「はい」

と、昇は二つ返事で承《うけたまわ》った。けれど、その理由を昇の方から訊ねることはなかった。たとえ、聞いたとしても、長澤自身応えられなかったにちがいない。それというのも、昇が交渉班に入ることを勧めたのが、電話の沖野だったからだ。しかしこのことは、長澤は昇に黙っていた。

先の上京の汽車の車中で、長澤は沖野に工事の進捗に支障はないことを添えつつ、地元から工事反対の声があったことを、有《あ》り体《てい》に報告していた。そのことを懸念しての沖野の助言だったのだろうと、長澤は推量した。

(しかし、なぜ昇なのか)

沖野が黒津の村人と話し合う構成員に昇を推した理由を、長澤は知りたいと思った。電話の中でそのことについて沖野は一言《いっ》も語らなかった。その上、一方的な短い通話だったため、長澤は沖野に聞きただす機を逸した。

長澤は、所長室の窓辺に行き、そこから人夫や工夫が忙しく立ち働く大日山を眺めつつ

「昇君、あの彦九郎じいさんのことを、どう思いますか?」

と、探りを入れた。

長澤からの唐突な下命《かめい》と質問に戸惑いながら、昇はどう返事をしたらいいのか困ったようにうつむいた。

「なぜ、白装束で毎朝崖の上にたたずむという愚行《ぐこう》を止《や》めないのかね。あのじいさんは」

長澤は、問いかけを具体的にした。

昇は自分自身に言い聞かせるように沈黙に一区切りをつけ、控えめに語りはじめた。

「生意気なことを申じ上げますが……」

長澤は手の平を差し出し、遠慮はいらんよという仕草を示した。

「はい。彦九郎さんは工事に心底反対ではないと思います。と言うより、この度の川の改修が多くの人々の命を救い、田畑《でんばた》を守るということを、よおく分かっているのだと思います」

(では、どうして彦九郎は)という眼差《まなざ》しを、長澤は昇に向けた。

「きっと、悔しいのだと思います」

「悔しい?」

「きっと、大日山の切り取りという事態に巡り合った自分の運命が、恨《うら》めしいのだと思います。そして――」

長澤は、昇にうなずきつつ先を促した。

「如来様にすまない、すまないと、まるで自分を罰するように崖の上にたたずみ、老いた体を仏様に捧げているのだと思います」

「うむ……」

長澤は、澄みきった瞳をして語る昇に耳を傾けながら、沖野のおもんぱかりが少し分かった気がした。

大日山の崖への試掘がはじまった。

当初、大日山から切り取った岩を、洗堰の用材に利用しようとの計画だった。しかし、地質はひどく硬い部分ともろい部分が複雑に入り込み、更に試掘を重ねていくと、岩山の内部に無数の裂け目が見つかったりした。

長澤たちは、やむなく大日山の岩を洗堰の石材とするのは「不可」と結論を下した。切り取った岩は、護岸の沈床《ちんしょう》か埋め立ての用途にするしかない。

その頃である。近在の村でにわかには信じられない噂が立った。

「大日山の岩から血が噴き出したそうな」

南郷の男が、声をひそめながら漁師仲間に伝えた。

「岩をうがっていた石工の顔に血しぶきがかかったらしい」

それを聞いた農婦が顔をしかめた。

「それみろ。如来様の膝《ひざ》に孔をあけるなど、とんでもねぇことだ。皆の衆、そうじゃろ」

事務所に申し入れをした黒津の代表者の一人がこれみよがしに、事の真相を確かめようと自分を取り囲んだ村人たちを、けしかけた。

(笑止千万!)

だれかが工事妨害のためこしらえた流言であろうと、鈴木はその噂を無視した。

しかし、やがて村人たちの間に再び工事中止の声があがり出した。彦九郎の行為こそ尊いものだと言い出す者が出てきた。そして、大日山に入る工夫たちの間にさえ、どこか挙《きょ》措《そ》に不自然さが見えはじめた。

（このままでは、地元住民のこころが遊離し、人夫や工夫の士気が低下する）

長澤は大日山の工事責任者の技師を呼んだ。

「妙な噂が立っているようだが、どうしたんだね」

「はあ。先日石工が試掘のため崖の中腹に孔をあけておりましたら、赤さび色の岩の層に突き当たり、うがった赤い岩の屑《くず》が、崖からこぼれ落ちたのであります」

「なるほど。掘削した箇所が大日如来の両膝にあたるというんだね。無用な混乱を避けるために、事実を近隣の住民に伝えねばなるまい。すぐに説明会を持ちたまえ。大日山の切り取り工事の今後の予定とともに、現在の川の浚渫の進み具合や洗堰の工事の段取り、完成後の姿などについても、村人にしっかり伝えることだ。その時には、いいかね、必ず吉田昇を同道するように」

工事を進める上で大きな障碍《しょうがい》にはならなかったものの、暗い噂の行方を長澤は懸念した。しかし、長澤のその憂《うれ》いの雲は意外な形で払われた。

彦九郎が倒れたのだ。

八十を超える老体で雨風をいとわず岩頭《がんとう》に毎々日々立ち続けた無理が、彦九郎の心の臓を壊した。彦九郎は、その日から起きあがることができず病床についた。暗い噂や再燃しはじめた工事への反対の声は、それを潮《しお》に立ち消えになった。工事現場に活気がもどった。

大日山切り取りの本格的な工事が、はじまった。大日山は、県下の「山」と呼ばれている中では一番低く、標高が一三〇メートルほどだった。瀬田川の水面の高さが、すでにおよそ八〇メートルだったことからして、その山の三分の一弱を切り取る作業は、いくら硬い岩山だといっても至極《しごく》容易なことに思えた。しかし、作業を進めるに従い、その切り取り工事はすこぶる難航した。崖を巻く急流のせいもあったが、岩が堅固だった。とおもうと、突然亀裂の走る岩がはがれて、工夫たちの上へ墜《お》ちてきた。見かけによらず、不安定で危険な岩山だった。水の上の工事がすべて了《おわ》ったと一服した途端、切り取った断面が崩壊した。あわてて崩落防止の工事にとりかかった。追加の工事は一再《いっさい》ならず行われた。岩質不良。丈《たけ》低けれど、まことに厄介な岩山であった。

「こないに朝はよう、また山へ行くんか?」

母親が寝床から身を起こし、とうに着替えをすませた昇に声を掛けた。

「近頃は、村との交渉の他に浚渫船にも乗るようになって大変やろ。おまけに、なんか工事もえろう忙しうなって、毎日帰りが遅いし。休みの日ぐらいゆっくりしたらええのに」

昇は母親の気遣いをありがたく思いながらも、土間へ降り、手に桶を持った。

「おかちゃん、朝めし、ぼくにかまわんと先に済ませておいてや」

そう言い残すと、昇は自宅のある南郷の岸から造成中の洗堰の土盛りへのぼり、工事用の仮橋を渡り、対岸の黒津にあがった。川岸で携えてきた桶に瀬田川の水を満たした。今日のように工事のない休業日は、川の水が透き通っている。桶に満たした水がこぼれないように、昇は注意しながら大日山の参道を頂へ向かった。大日堂に着くと、昇は祭壇の鉄《てっ》鉢《ぱつ》の水を捨て、桶の新しい水に取り替えた。そして、竹箒で堂前の地面を清めた。彦九郎が病に倒れた後、仕事の休みごとに昇は如来堂に通っている。すべての整えが終えると、昇は仏様に掌《て》を合わせた。

「彦九郎じいさんが、どうぞ、よくならはりますように」

この昇の願いは、元の体とはいかなかったが、日を経るにしたがい叶《かな》えられることになった。

「このたびの改修工事が成功いたしますように」

この祈りも、明治四十三年、約十四年間の淀川改修工事の全ての竣工《しゅんこう》により、願いどおりになった。

「毎日、工事を無事に進められますように」
しかしながら、この最後の祈願の成就《じょうじゅ》は、難しいことになった。

大日山の水面上の工事は完了した。しかし、予定よりずいぶんてこずり、水面より上の崖の部分を削るのに、一年以上かかった。

次は、水面下に残る岩である。それを取り去るのに、一年はおろか三年以上の年月を費やさなければならないとは、当時だれも想像しなかった。まるで抜歯《ばっし》後に肉の中に残った臼歯《うすば》の根のように、容易には除去することはかなわなかった。潜水夫を雇って岩を取り除こうとしたが、あえなく拒絶された。やむなく、工事が長引くことを覚悟して、切り取った山の周りに小堤《こづつみ》を築くことにした。それを外壁として、川水の進入を防ぎ、川底に剥《む》き出しになった岩根を掘削しようとした。が、やはりそれでも手強かった。これまでのドリルで剥《は》がすには、岩根は想像を絶するほどに頑固だった。

急遽、機械工場で特別に大型の砕岩機《さいがん》を製作させた。それによってようやく露出した岩に亀裂が入った。しかし、作業はもどかしいほど遅々として、思うほどには捗《はかど》らなかった。

明治の初め頃、ヨーロッパで威力の巨大な爆薬が発明され、それを安全にコントロールするまでの技術の進歩があり、鉱山の採掘等に実用化されはじめていた。当時、日本では十数年前、県境の山を掘り抜き湖水を京都へ送る琵琶湖疏水の工事に使用されたが、いまだ国産のものはなかった。貴重な外貨を消費して輸入し、瀬田川の大日山の難工事においても、その爆薬を使用することになった。

ダイナマイトだ。

使用するに当たって、琵琶湖疏水の工事関係者を招き、その扱いについて指導を仰いだ。あらかじめ岩盤にいくつも横孔《よこあな》がうがたれた。その孔に一つ一つ爆薬が埋め込まれ、各々導線につながれた。そして、準備完了後、現場監督の合図をもって電気爆発器によりダイナマイトを同時爆発させようとした。が、何の反応もなかった。耳を澄ませても、聞こえるのは外壁の小堤を洗う川音と、大日山の空で輪を描く鳶《とび》の鳴き声ばかりだった。

不発――。

責任者が人夫をともなって、ダイナマイトを装塡《そうてん》した川底の岩盤へ下りて行った。爆薬を入れた岩の孔を丹念に点検し、導線のつながり具合や電気爆発器との接続を確かめた。

その時である。

「ドドーン」

突然、爆裂音が大日山に谺《こだま》した。

「事故発生！」

大声が工事現場であがった。
三名が落命した。

四　南郷洗堰

「所、所長殿が！」

事務所へ駆け込んだ工夫が、やっとそれだけの声を絞り出した。

「所長殿がどうされたのだ！」

床に両膝をついて苦しそうに肩で息をしている工夫に、鈴木がかがみ込んで訊ねた。

「巡回中に落盤事故に巻き込まれました……」

工夫はそう呻《うめ》くと、大日山《だいにちやま》の方を指さした。

鈴木は事務所を飛び出し、まっしぐらに大日山の工事現場へ向かった。


「それみたことか」

工事に反対していた村の男が吐き捨てるように言った。

「三名ものお人が命を落としたそうな」

村の世話方が眉をひそめた。

「祟《たた》りじゃ、祟りじゃ」

老婆が恐ろしげに皺《しわ》ぐんだ手を合わせた。

山全体を大日如来の姿とみなして、山頂の自然石に仏の頭部が彫られた。遠く奈良の時代のことだ。大日様を祀った行基《ぎょうき》という高僧が、山を切り取ろうとすると祟りがあると言い残した。それ以降千数百年、大日山は人々の信仰をあつめ、山裾の瀬田川を守護する如来としてあがめられてきた。大日山は、住民の心の寄りどころであり暮らしの一部だった。

「大日様の怒りにふれたのや」

禁忌を破った者への戒めだと訳知り顔に吹聴《ふいちょう》する輩もいた。

「仏様の体を切り取るなど、罰《ばち》当たりなことをしでかして」

そうあからさまに、工事をののしる者も出てきた。

近在の村で工事見直しの気運があらわれ始めた。とりわけ大日山の麓の黒津《くろづ》で、大きな声があがった。

その声を咎《とが》めたのは、長い間大日堂の堂守をつとめてきた佐倉彦九郎《さくらひこくろう》だった。

彦九郎は、病み上がりの体を杖で支えながら、こころない噂を流し合う村人の輪へ入って行き、杖を振り上げた。

「人様のお命をなんと心得る！」

明王《みょうおう》のような形相《ぎょうそう》で衆人をねめつけた。

「大日様は、慈悲のない心根《こころね》を、すこしもお喜びになっておられぬわ！」

村人たちは、嚇怒《かくど》に震える堂守の前で沈黙した。

「昇、所長様はじめ犠牲になられた方々の供養をしっかりつとめて来ておくれ」

母親はそう言って、庭から剪《き》ってきたばかりの花を藁《わら》で縛り昇に預けた。昇は、里山へ薪《たきぎ》を集めに行く農家から借りた背負子《しょいこ》に、両腕をとおした。空は晴れていたが、早朝の瀬田川は川霧につつまれている。霧の上に、大日山の頂がわずかにのぞいている。

「無理を言うね」

昇は頭《かぶり》をふって、山の麓で彦九郎を背負子に乗せた。太い荒縄を二重《ふたえ》にして、昇は背負子を中に彦九郎と自分をしっかとくくりつけた。昨日、彦九郎は大日様への同行を昇に頼んでいたのだった。

「重くは、ないかの」

参道の急な階段を上る間、彦九郎はすまなそうに何度もたずねた。

「いいえ、ちっとも」

たくましく成長した若い体は、元気な声で何度もそう応えた。

大日堂の前に彦九郎を降ろし参拝を済ませると、昇は御堂の縁の下から竹箒を取り出した。

「石段を掃いてきます。お参りが済みましたら声を掛けてください」

昼なお薄暗い参道に、しばらく箒のしゃーしゃーという音だけが響いた。その音は次第に参道の下の方へ遠ざかっていった。石段を清め終わった昇が山門へ登ってきたが、彦九郎はなおも祈りの姿勢で、大日堂に向き合っていた。

昇はふたたび彦九郎を背中合わせの恰好で背負子に載せた。

「ずいぶん長く、如来様とお話ししておられましたね」

一足一足を慎重に石段に降ろしながら、背中の老人に昇が言葉をかけた。

「おかげで、如来様は、この年寄りの願いを聞き入れてくだすった」

老人の声は晴れ晴れとしていた。

彦九郎が一心に如来様に祈願していた中身をたずねなくても、昇には十分わかっていた。自分と同じことをお願いしていたのだと、昇はそうかたく信じて疑わなかった。

気分はいかがと昇が背中の彦九郎に言葉をかけたが、返事がなかった。昇が振り向くと、揺れる背負子の上で老人は小さな寝息をたてていた。

その後、大日山の切り取りは大きな事故もなく完了した。そして、山の工事と並行して行われていた南郷洗堰《なんごうあらいぜき》の本体工が、明治三十七年（一九〇四）秋に完成した。

南郷洗堰の目的は、大きく二つあった。琵琶湖および淀川の洪水と渇水の防止である。琵琶湖の水位を一定に保ち瀬田川の流量を調節する施設として計画・建造されたのだった。設計は殉職した長澤忠《ながさわちゅう》所長の手によるものだった。彼は所長に就任する前、一年にわたり技師として欧米各地の堰を調査し、最終的にオランダの技術を取り入れた。

築造の場所は、地形や地質を閲《けみ》した結果、瀬田川の中で一番大きな中州の道馬《どうま》ヶ島に定められた。

完成には、明治三十五年一月の起工から三年の星霜を要した。洗堰に関連するすべての工事が竣工したのは、翌年の三月であり、それまで川の両岸に付帯の管理施設や監視所などの整備が進められたのだった。

堰はレンガ造りで、長さは一八〇メートル。一つの通水路の幅は三・六メートル、三十二門を持っていた。そのゲートを開閉する方法が、「角落《かくお》とし」であった。そして、角落としの作業は、全て人力で行われた。この方法は、電動で開閉とともに三十分で済む遠隔自動制御の新洗堰ができる昭和三十六年まで続くことになった。

「角」とは、長さ四・二一メートル、断面の一辺が二四センチ、重さ一五〇キロの松の角材である。

それを川岸の倉庫から運び出し、操作用の無蓋《むがい》の車に積み込む。三十二門をつなぐ橋梁《きょうりょう》にはレールが走り、その上を所定の場所まで車を押しながら角材を運搬する。

角材の両端に鉄の輪が打ち込まれていて、その輪にロープを結わえ、ウインチのついた二台の桁操作用車《けたそうさようしゃ》を使って、一本一本、堰柱《せきちゅう》の溝に落とし込んでいく。角材がすこしでもゆがめば溝に入らず、バランスが崩れ、流水の圧力で工具を壊し用材を流失させてしまう。角材は上げるより、下げる方が難しい。台車から角材を下ろしフックにかける人夫を含め、一本につき八人がかりの作業である。作業を取り仕切るのは棟梁《とうりょう》だ。長い竹竿で、角材の傾きと落とす速さを調整する。竿の押さえがきかないと、角材は浮き上がってしまう。竿を突き立てたまま、水が木の中に染みこみ角材の自重が増すのを待つ。全て閉ざすには、一つの扉に十七段隙間なくはめ込む必要があり、全閉に丸二日かかった。開くときは開くときで難儀である。日が暮れたからといって天上からの豪雨は止《や》んではくれない。昼といわず夜といわず近江を囲む四方の山々から水が流れ落ち、平野の小川を溢《あふ》れさせ、百を超える大河となって琵琶湖へ注ぎ込む。みるみる湖が膨《ふく》れあがる。出口は瀬田川一つ。一刻を争う。急いでしかし慎重に、水分を含んで重くなった角材を巻き上げる。全開は丸一日。昼夜兼行の重労働である。暴風雨の夜は、命さえ危険にさらされる――。

ぬけるような青空の日曜の朝、一人の師範学校の女学生が、瀬田川にほど近い母校の尋常高等小学校の校門をくぐった。

以前は木製の柱が出入り口の両脇に立っているばかりだったが、御影石《みかげいし》に鉄の柵《さく》が付いた校門になっている。校舎も増築され見違えるほど立派なたたずまいだ。

彼女は、提出の書類をくるんだ風呂敷を着物の胸に抱え、校門脇の楠《くすのき》の大樹を仰いだ。濃い緑の小葉がおしゃべりしているように秋風に騒いでいる。

「あなたは少しも変わっていませんね」

小学生の時よくそうしたように、女学生は幹に丸く張り出した木の瘤《こぶ》へ手を添えた。昔は登下校のたびに伸び上がり、あいさつがわりに触れたものだった。

その時、本館の玄関から野太い声が届いた。女学生は、海老茶《えびちゃ》の袴《はかま》を蹴出《けだ》すように小走りに校舎へ向かった。編み上げ靴が砂利道に軽やかな音を立て、束髪に結んだ大きめのリボンがゆれた。

「ごくろうさまです」

玄関で女学生を迎えたのは、校務の諸般を担当する主任だった。

「藤原さん、いやもう藤原先生と呼ばせていただきます」

先生と言われて、女学生は色白の顔をほんのり赤く染めた。

校長に引き合わされた後、その主任から学校や担当する学級の様子の説明を受けた。

「明日の月曜日から、どうぞよろしくお願いします」

主任は教科書を渡しながら、ほっとした表情で藤原に頭を下げた。

「はい」と返事をしたものの、藤原は不安心でいっぱいだった。学生の自分がいきなり現場の先生になるなど、数日前まで思いもしなかった。

「近くの高等科の担任が流産して体調を崩し、休職しているそうだ。補充が見つからず困っている。小学校の校長から師範学校へ欠員補充の依頼があってね。藤原君、君を推薦しておいたよ」

突然の話だった。

指導教官からの下命《かめい》であり、一ヶ月余りの補充期間を教育実習の単位に充《あ》てても良いとの条件を提示されれば、断る理由がなかった。それに師範学校へ依頼してきたのが自分の学んだ母校である。義を見て力を尽くさないことは、修身の教えにもとる。

よく眠れないまま、初出勤の日を迎えた。

職員室で簡単な紹介があり、藤原が指定された執務机で私物を整理していると、主任が習字の道具を小脇に抱えてやってきた。

「藤原先生、さっそくですが、担当していただく学級へ案内いたします」

藤原は、身繕《みづくろ》いをする暇《いとま》もなく主任の先導で担任する教場へ足を運んだ。子どもたちが大きな声をそろえている尋常科の読方《よみかた》の授業を見ながら廊下を曲がり、算術を教える教室の前を過ぎると、主任がその歩みを止めた。教室の硝子戸《ガラス》を主任が開けた。神妙な顔をした子どもたちが行儀良く待っている。

「今日からしばらく、新しい先生にみなさんの担任をしていただくことになりました」

子どもたちは一斉に、主任の後ろに控える女の先生を見つめた。自分たちのお姉さんと呼ぶほどに若い。

「藤原先生とおっしゃいます」

「藤原と申します。どうぞよろしくお願いします」

藤原はもっと気の利いた初対面のあいさつを考えていたが、子どもたちを前にすると型どおりの自己紹介しかできなかった。しばらく教室に沈黙があって、

「べっぴんやなあ」と一人の男の子が声をあげた。

「わー」と教室が弾けた。主任が怖い顔をして児童らをたしなめた。

最初の習字の時間は主任とともに授業をすすめたが、二時間目の国史からは、藤原一人に任された。

「ふー」

学校から家に帰った藤原は、袴の紐《ひも》をゆるめながら二階の自室で大きく息を吐き出した。長い一日だった。子どもたちの人なつっこさは、自分の小学校時代とさほど変わってはいなかったが、児童の数が増えていたことに驚いた。特に女の子の姿が目立った。自分の頃は、女子は家業の手伝いや子守などに追われていた上に、女には学問など必要ないという封建的な考え方が残っていて、就学しない子どもが多かった。藤原は、日記をしたためながら初日の授業を振り返った。教科内容の指導については、師範学校でみっちり鍛えられていただけに合格点を自分につけることができそうだった。しかし、子どもたちへの指導について、反省すべき点があった。子どもたちが一日目から自分になれ親しんでくれたことをよしとして、教師の立場に注意を払わなかったのではあるまいか。あたかも子どもが下駄履《げたば》きのままで畳の上へあがってくるようなわきまえのなさを、人なつっこさと思い違いをして許していたのではないか。

藤原は、学校から渡された「児童心得」の冊子を精読した。

「教室内ニ在リテハ常ニ姿勢ヲ正シクシテ課業ニ注意シ発言ハ凡《すべ》テ教師ノ許可ヲ受ケカリソメニモ私語傍見《わきみ》等ヲ為《な》ス可《べ》カラズ」

藤原は、明日からは師弟の区別を忘れまいと心を引き締めた。

「藤原先生、一週間が過ぎて小学校の担任はいかがですか？」

輪読会《りんどく》にまっさきに現れた女学生が、いたずらっぽくたずねた。

「いじわる！」

藤原は、相手をぶつような仕草をしたが、着物の袖から白い二の腕が露わになって、あわてて振り上げた腕《かいな》を下ろした。

毎月一度、藤原の家で『源氏物語』の輪読会がもたれていて、その日も藤原を入れて文学好きで気心の知れた五人の女友だちが集まった。「紅葉賀《もみじのが》」の予定の段まで読み終わって、家人が女学生たちが雑談に興じている二階へ茶菓《さか》を運んできた。

「まあ、これって瀬田の名物の」

「そう、たにし飴《あめ》よ。みなさんのお口に合うかしら？」

「一度、食べてみたかったの」

「少しにっきの風味が強いけれど、だんだん甘さがこう口の中に拡がってきて、ほっぺがおっこちそう」

「いとうまきもの、そはたにし飴——ですね」

菓子盆の半紙に盛られた飴の山が、瞬《またた》く間に低くなっていく。

藤原は頃合いを見計らって、みんなにお願いがあるのと切り出した。

「なにかしら、そんなにあらたまって?」

「藤原先生、どのようなご質問ですか?」

またぞろ、先刻の女学生がそう言ってわざとらしく小首を傾《かし》げた。

「みなさん、瀬田川の下《しも》にある南郷に大きな堰が造られていることをご存知でしょ?」

「ええ」

「それがどうしたの?」

「来月、私の担任している高等科の子どもたちを、そこへ連れて行くことになったの」

「へえ、来月と言えば、あと二週間余りね」

「校長先生の発案で急遽《きゅうきょ》決まったの。『本体工事が完成した今、日《ひ》の本《もと》一の洗堰、つまり我が国の高き技術の精華に直接触れさせることをとおして、子どもたちに皇国《こうこく》の臣民《しんみん》たる誇りをもたせたい』とのお考えなの」

「ずいぶん力が籠っていますね。それで、あなたのお願いとは?」

「洗堰は、琵琶湖やその下流の人々の命と生活を度重なる洪水から守るために造られているのだけれど、その見学の前に、子どもたちに災害の実際や恐ろしさについて教えておきたいの」

「事前の学習ね」

「準備おさおさ怠《おこた》りなしですよね、藤原先生！」

「また、藤原先生ですか。いいわよ、じゃあ、この藤原先生がみなさんにおたずねします。明治二十九年九月、あなたたちは小学校の高等科の児童でしたね。大変な洪水がありました。きっとおぼえておいでね。それでは、その時の記憶を一人ひとり発表してもらいましょう。一等最初はだれでしょう？」

「はーい」

元気よく手を挙げたのは、大津の少し北に位置し琵琶湖の西岸にある坂本《さかもと》村出身の友だちだった。

——九月三日から降り出した雨はいっこうにやむ気配がなく、日を経るに従い強くなってきた。裏口から、あふれた湖水が入ってきて、土間に黒いしみをつくった。明くる日になると、土間に積んでいた焚《た》きつけ用の藁《わら》や割木《わりき》が流れ込んできた水に浮き出した。次の日、水は床上まで膨れあがってきて、父が雨戸を蹴破り助けを求めた。幸い、その時ちょうど家の前を通りかかった役場の吏員《りいん》が、胸まで水に浸かりながら、曳《ひ》いていた筏《いかだ》に自分たち家族を乗せてくれた。

当時のことが鮮明に思い出されるのか、坂本村の女学生の声が震えていた。それに耳を傾ける友人たちもすっかり真顔になり、口に飴を含んでいた者はそっと手巾《ハンケチ》へそれを取り出した。

――避難したのは、高台にある檀那寺《だんなてら》だった。本堂の縁側には、手回りの荷物のほかに、濡れた畳や骨ばかりの障子や長持ちが、乱雑に積み上げられていた。中には、漬け物桶《おけ》まであった。人々はみすみす水の底に沈めるより、なんでも手当たり次第、寺へ運び込んで来たのだった。境内で炊《た》き出しが行われ、村役場から大人四合《よんごう》、子ども三合ずつの救米《きゅうまい》があった。寺の鐘楼から村を見下ろすと、人家が点々と波間に浮かんでいた。湖岸にある唐《から》崎《さき》の巨松は、盆栽のように頂だけをわずかに見せていた。鐘楼の下で、着の身着のまま逃げ延びて来た農婦が、赤子をおんぶして呆然と湖面を眺めていた。その隣でひもじさと不安で、ぐずぐず泣いている子どもに、「瀬田の唐橋に棲《す》みよる竜神がのぼって来て、泣く子をさらいにくるど」と、造り酒屋の屋号を染め抜いた法被《はっぴ》姿の父親《てておや》がたしなめていた。

「あっという間の増水だったものね」

そう言って、語り出したのは、坂本村からは琵琶湖の対岸にあたる草津《くさつ》に住む女学生だった。彼女は自宅から毎日師範学校へ通っていた。

――草津では、琵琶湖の溢水《いっすい》とともに町中を走る天井川《てんじょうがわ》が氾濫した。堤防を破った茶色い水が、滝のように土手下の家屋の上へ落ちて来た。家屋は流失し、その家人は行方不明になった。自分は親と共に家の屋根にあがり、奔流《ほんりゅう》が収まるのを待った。しかし、豪雨は続き濁流が屏風《びょうぶ》を立て連ねた姿で町や村を呑み込み、父祖伝来の田畑を大量の砂や泥で埋め尽くした。何ヶ月も悪水は引かず、湖岸に近い村は水底に沈んだままだった。人々は屋根に舟を着けて行き来した。食料は定期的に配給があって、何とか命をつなぐことができた。徐々に水は低くなってきたが、それでも一階部分は泥水の中だった。長い避難生活を強いられる者にとって、一番嬉しかったのはお風呂だった。区長が船に風呂桶をのせて一軒一軒家を回ってくれた。入浴後屋根の上で星をいただきながら洗い髪を夜風に乾かせた心地よさを、今でも忘れられない。家を流され、田畑をさえ無くしてしまった村の中で、故郷を離れ遠くカナダへ出稼ぎに行く者も少なからずいた。

「私の住んでいたところも収穫前の稲が全滅し、男連中は県外の工事現場へ、女たちは京都の西陣織の織り手として働きに出たわ」

そう話を受け継いだのは、彦根《ひこね》の出身で今は師範学校の近くに下宿している友だちだった。

「うそおっしゃい。瀬田川から遠く離れたあなたの町で、大きな被害があったなんて信じられないわ」

たしかに、彦根は湖の出口である瀬田川から五〇キロ以上離れていた。

「本当よ！」

——空が突然暗くなったかと思うと、雷鳴と一緒に縄のように太い雨が降ってきた。たった一日で四ヶ月分の雨。自分の家は湖岸から一キロ余り離れていたにもかかわらず、あたりは一面の水浸し。近くの里山に避難し、そこから見はるかす彦根の城が水城のように浮かんでいたのを、はっきり覚えている。校舎の壁が崩れ落ち窓ガラスが壊れた上に、教室へ入り込んだ水がなかなか引かなかった小学校は、一ヶ月近く休校になった。

「私の家には、床上浸水によってその部分が変色した襖《ふすま》が一枚残されているわ。祖父が洪水の記憶をとどめるために捨てずにずっと土蔵にしまっている。毎年、九月になるとそれを倉から運び出して家族みんなが水害について思いを新たにするの」

そう言って、彦根の遥か向こうの岸辺にある高島《たかしま》の出の女学生が、実家の座敷を思い出すように遠い目をした。

みんなの発言が一通り終わった。友だちの話を熱心に書きとめていた藤原に、他の女学生が「あなたの体験は？」という目を向けた。藤原は筆を置いて、座り直した膝に両手をそろえた。

——台風の接近を知らせる暗雲が、唐橋の上をものすごい速さで北の方へ流れていく。瀬田川からなま暖かい風が家の中に入ってくる。九月三日、雨が降り出した。はじめぽつりぽつり落ちていた雨が、急に激しい降雨となった。大きい雨粒が地面と言わず家屋と言わず叩きつけ、白いしぶきをあげた。みるみる川が増水した。後で知ったことだったが、九月七日、一日で五九七ミリメートルの雨が降った。瀬田川に平行して流れる鳥居《とりい》川の水位観測所の量水標で、いつもの水位を超えること三・七六メートルを観測した。

家の前の東海道が川になった。バリバリと音を立てて黒板塀が壊れた。父親が家族を二階へ避難させた。雨戸を締め切り、戸口に閂《かんぬき》をかましたが、濁流はいとも簡単にそれらをうち破り、家の中にどっと侵入してきた。町のどこかで終日、半鐘《はんしょう》が鳴っていた。唐橋の橋桁《はしげた》に湖から流れてきたさまざまなものがぶつかり、不気味な音を立てた。橋は早晩流されてしまうだろうと、だれもが思った。濁水は二階へあがる階段を、一段一段登って来た。二階の踊り場からのぞくと、水はもう手の届くところに迫っていた。父親が箪笥《たんす》の引き出しをひな壇状に抜き出し、それを足場に体を持ち上げた。そして、箪笥の上に立つと天井板を剥《は》がしはじめた。天井が抜けるとさらに、屋根の垂木《たるき》に手を掛け、裏板を破り、瓦を一枚一枚取り外した。屋根から、黴《かび》くさい土が大量に畳の上へ雪崩れ落ちてきた。部屋中が土煙におおわれた。父親は、いざとなれば家族を屋根の上へ避難させようとした。姉と一緒に二階の窓から、道をはさんだ向かいの呉服屋の店先を覗いていた時だった。すでに濁水は、店の軒まで達していた。軒下からいくつも反物《たんもの》が流れ出て来て、筒状の形でぷかぷか浮かびながら店を離れていった。帳場の机がひさしにぶつかりつつ反転し、軒端を離れた。やがて、ひさしに美しい留袖《とめそで》が現れた。それはそこで暫時《ざんじ》ためらっていたが、すぐ後に花柄の振り袖が軒先に姿をみせると、二つの着物は手を取り合うように東海道を唐橋の方へ流れていった。

藤原の話を聞き終わった友人たちは、一様に天井を仰いだが、当然のことながら、その穴はとっくに修理が済みふさがれていた。女学生たちは、だれ言うことなく立ち上がり、二階の窓から向かいの呉服屋を覗いた。

「ようおこしやす」

半纏《はんてん》を羽織った番頭が店の前で腰を折り、ご贔屓《ひいき》らしい老夫婦を迎えていた。

洗堰への見学を一週間後にひかえた休日、藤原は同じ高等科の担任をつとめる木戸脇と校外学習の下見に出掛けた。木戸脇は四十代の女性のベテラン教師であった。南郷の洗堰の事務所へは、前もって校長から下見の依頼の連絡を入れてもらっていた。

二人は道中、村の神社で中国大陸へ出征する兵士の武運祈願の壮行式を目にした。今年(明治三十七年)に入って、我が国と露国《ろこく》の間で戦争が勃発《ぼっぱつ》し、次第に激しさを増していた。

「お役目ごくろうさまです」

木戸脇が神社に深々と頭をさげた。神前で万歳を祝唱する声があがった。

「戦費の調達で財政が厳しくなって、国内のいろんな事業が中止しているらしいです。そんな中で、洗堰の工事は国民の命を守るものとして継続されてきたと伺っています。このことも、しっかり子どもたちに伝えたいと存じます」

藤原はそう言って、真剣な眼差《まなざ》しで木戸脇を見つめた。

瀬田川の右岸を下りつつ、子どもたちの小休憩に適当な場所をえらび、用便の厠《かわや》を借りる農家との交渉をすませた。片道五キロ余りの距離を子どもたちの体力に合わせて時間をたっぷりとったが、それでも藤原たちは二時間ほどで南郷洗堰の事務所に着いた。

洗堰を上流から眺めながら近づいていたときは、瀬田の長橋をみなれている彼女たちにとってさほど驚くべき姿ではなかった。が、下流から見上げる位置に来て、二人はその洗堰の巨大さと迫力に圧倒され、しばらく言葉を失って立ち竦《すく》んでいた。

「お待ちしておりました」

そう快活に挨拶しながら事務所から出てきたのは、昇だった。先日、彼は鈴木から小学校からの訪問者の応対を命じられていた。

「吉田昇と申します。今日は私がご案内いたします」

まず木戸脇が名のり、後ろに従っていた藤原へ場所をゆずり自己紹介をうながした。きょとんとした顔つきの藤原に、木戸脇が再び催促した。

「え？　はい、わ、わたくし、藤原八重《やえ》と申します」

今度は昇が狐につままれたような顔をした。

「八重ちゃん？」

「やっぱり、ノボルちゃん？」

若い二人が同時に驚きの声をあげた。

二人が幼なじみだということを知って、木戸脇は「あら、まあ！」と素っ頓狂《すっとんきょう》な声を出した。

洗堰の説明を一通り受け、当日の見学内容を打ち合わせた後、木戸脇は先に帰ることにした。幼なじみに積もる話があるだろうとの先輩の心遣いだった。

「藤原先生、これから大日山へ案内します。お時間はよろしいですか？」

「ええ、大丈夫です吉田様、いえ昇君と呼ばせてもらってよくって？」

二人きりになって、藤原は親しみを籠めそう訊ねた。

「もちろん！　じゃ、ぼくも。八重さん、どうぞこちらへ」

山の頂への道は、急な参道の石段しかなかった。八重は、昇の後を袴の裾《すそ》を持ち上げながら登っていたが、張り出した木の根に足をとられてバランスを崩した。きゃっ、と叫び石段の角で泳ぐ八重の腕を、上から跳び下りてきた昇の手がしっかり握りしめ傾く体を抱きかかえるように支えた。

山頂には展望台が設けられていた。

「ほら、ここから、洗堰の全容がよく見えるでしょ」

眼下に、三十二の門から白絹《しらぎぬ》を短く切りそろえたように水が落ちている。

「ええ、とっても、美しい！」

昇はその八重のことばに、新鮮なものを感じた。長大だとか堅牢《けんろう》だとかという感嘆の声を、これまで視察に来た土木関係者や役人や政治家の男たちから何度か聞いたが、美しいというのははじめてだった。

小学校を卒業した後この瀬田川の事務所に来るまでの履歴を、昇は簡単に述べた。

「事務所に入れたのは、お亡くなりになった長澤所長殿のおかげです」

昇は、大日山の事故のことや彦九郎じいさんのことも手短に話した。

「昇君はどうして京都での丁稚奉公をやめて、工事事務所で働こうと思ったの？」

昇は川を挟んで大日山の対岸にある竹林を、眺めやった。あそこで仲良しだった幸太《こうた》の遺体が発見された。明治二十九年九月のことだ——。

「仲良くしていた幼友だちを洪水で亡くし、悔しかったんです」

そう応えて、昇は八重のことばを待った。本当は、幸太という名前を出すべきだったが、そのことであの塀の節穴から八重の家人の行水《ぎょうずい》をのぞき見したことを、彼女に思い出してもらいたくなかった。

「へえ」

八重は表情を変えず、そうつぶやいただけだった。彼女が幸太のことを覚えていない風だったので、昇はホッと胸を撫《な》で下ろした。

「ぼく、将来土木の技師になりたいと思っているんです」

「土木技師？」

「ええ。でも、これまでとは違う土木技師です。もちろん川堤を築いたり堰をこしらえたりすることは大切ですが、ぼくは後ろを振り返りたいのです」

昇はゆっくり体を回し、田上山《たなかみやま》の山並みを遠望した。八重も怪訝《けげん》な顔付きをして後ろを振り向いた。

「これまで、みんな前ばかりを見て、河川をおさめようとしてきました。でも、日本の国土の七割は山だといわれています。その山から大量の土砂が川へ流れ込み、川底を埋め堤を狭め、洪水を引き起こしてきたんです。瀬田川もそうです。県内にある多くの天井川もそうです。『夫《そ》レ、国ヲ治メント欲スル者ハ、先ヅ水ヲ治メヨ、水ヲ治メント欲スル者ハ、先ヅ山ヲ見ヨ』と、昔の人の金言にあります」

八重は赤土ばかりの山肌から、熱っぽく語る昇の顔へ視線を移した。

「山へ木を植えるのです。そして、川に堰を造るように、山に砂や土の流出を防ぐ堰を造るのです。沖野署長殿がこの考えにいたく感じ入ってくださり、ぼくを土木関係の学校へ行かせてくださることになったのです。来年三月、洗堰の竣工の式が済んだら、ぼく、勉強をしに東京へ行きます」

自分ばかりが話し込んでいることにハッと気付いて、昇は饒舌な口を結んだ。

「あれ、八重さん、ぼくの顔に何か妙なものでも付いていますか?」

じっと話し手の横顔を見つめていた八重に、昇は不安げに訊ねた。

「いいえ。私の前にいる男の人が、唐橋から川へ飛び込めず、みんなから意気地なしといじめられていたあのノボルちゃんだとは、とても思えないの」

八重はそう言って、くすくす笑った。昇も、そのきまじめな顔に照れ笑いを浮かべた。

大日山から下りてきた二人は、事務所前で別れのあいさつを交わした。

「送って行くといいんだけど……」

飯場《はんば》の陰からこちらを見ている人夫たちの視線を感じながら、昇は済まなそうに言った。

「いいの。帰りに紫式部《むらさきしきぶ》ゆかりの石山寺に立ち寄るつもりだから」

「じゃ、近いうちに八重さんの家へお邪魔してもいいですか?」

「ええ、歓迎するわ。けれど、今度は裏の黒板塀ではなく、玄関の方から来てくださいね」

昇は頬から火が出るほど、顔を真っ赤にした。

その夜、昇は眠れなかった。何度も蒲団《ふとん》の中で体をよじった。八重の声が耳の底に響いて、耳朶《じだ》が熱くなった。八重の着物と袴姿が、目の奥から一時も消えなかった。豊かな髪に結ばれたリボンが昇の気持ちを煽《あお》るように揺れ、大日山で支えた八重の柔肌《やわはだ》と香りが、昇の若い血潮を熱くたぎらせた。

「どうかしたのかい?」

横で眠っている母親が、心配して寝屋の闇の中で幾度か声をかけた。

「なんでもあらへん」

弱々しく、時に怒るように、昇が声を絞り出した。

苦しい一夜が明けた。一睡もできなかった。しかし、家の戸を開けた昇へ、周りの景色がまるで初めて目にしたように生き生きと飛び込んできた。朝の光を浴びた木々の緑が、痛いほどまぶしい。小鳥のさえずりが、心地よく響いている。朝の空気が、うまい。踏みしめる小石さえ、その輪郭をくっきりさせ存在を主張している。昇ははじめて経験する感覚にとまどいながら、こころや体が勝手に弾んでいく幸福感に浸った。

一週間後、小学生たちが見学にやって来る。その日のために、そして苦しい胸の炎《ほむら》をしずめるために、昇は滋賀県全域の模型の制作に没頭した。事務所の仕事が終わった後、ひとり工具部屋にこもって木枠をこしらえ、粘土をこね、絵筆をとった。


「わーッ、でっかいなア！」

「ほんま、ほんま！」

見学にやってきた男の子たちが、異口同音に感嘆の声をあげた。洗堰では台風のシーズンを迎えて、三十二門を残らず開いている。琵琶湖の水位をあらかじめ下げることで、豪雨によるにわかな増水に備えていたのだ。

「まるで、兵隊さんが並んでいるみたいや」

おかっぱ頭の女の子が、整然と並ぶ堰柱を練兵の隊列にみたてた。

「琵琶湖のにおいがしよる」

滝のように飛沫《しぶき》をあげる水の落ち口へだんご鼻を突き出して、漁師の息子が言った。

小学生の天真爛漫《てんしんらんまん》な声で、事務所前の広場は祭のようににぎやかになった。「角落とし」の説明の時には、あらかじめ広場に運び込まれていた一本の角材を、子どもたちが取り囲んだ。そして、角材の上をバランスをとりながら歩いて渡ったり、あるいは地面に寝ころんでその長さを測ったりした。三人が縦に連なって背比べをしたが、なおその長さに届かなかった。日頃力持ちだと自慢している四人の男の子が力を合わせて角材を持ち上げようとしたが、ぴくりとも動かず悔しそうに引き下がった。

「みんな、こちらへいらっしゃい」

藤原の呼びかけに、子どもたちは工具小屋の前に集まった。

「これって、琵琶湖？」

おかっぱ頭に髷《まげ》をのせた女の子が目を輝かせて、木枠の模型の真ん中にたたえられている水を指さした。

「きまったるやろ。ほれ、瀬田川に鉄橋や唐橋が架かったるやん」

「唐橋のたもとに、こまい家もあるで」

「大津の港にちっちゃい船が浮かんでる！　かわいらしいなア」

「ここに彦根のお城も」

「あれ、この穴から山の中へ水が入って……京都の方へ出ていきよる。なんやろ？」

「それな、ウチ知ってる」

「なんや？」

「そんなに知りたいんやったら、教えてあげてもええよ」

「いらん」

藤原が言い合う二人の中に入って、物知りの女の子の背中を押した。

「あんな『そすい』と言うんや」

「汽車が通ってへんのに、なんで山にトンネル掘ったんや？」

「そんなもん、ウチかて、よう知らん……」

京都の町の人たちの飲み水や物を運んだりするという大切な役目を持っている琵琶湖疏水だと、藤原が助け船を出した。

「この模型、上手につくったるなア。だれがこしらえたんやろ」

昇が、にこにこしながら、模型を取り囲んでいる子どもたちの輪の中に入ってきた。

「いいですか、みなさん。滋賀県に大雨が降ったとします」

そう言って、昇は近江盆地をぐるりと囲む山のてっぺんへ桶から水を流し込んだ。尾根には溝が掘られていて、溝を溢れた水が四方から山肌を流れ落ち、緑に塗られた平野部を伝い、琵琶湖へ注ぐ。湖の水位がしだいに高くなっていく――。

「琵琶湖が溺《おぼ》れていきよるみたいや」

だれかが、そうつぶやいた。

「琵琶湖から流れ出る川は、瀬田川たった一つだけです。その川を、この大日山が通せん坊しています。それに瀬田川に砂や土が積もっていて、浅くなっています。琵琶湖の水は出られなくなって、どんどんたまっていきます」

「もう、彦根城の周りが水浸《みずびた》しや」

「唐橋のところまで、水があがってきよった」

「とうとうお前の家、水の中に沈んでしもうたぞ！」

唐橋の近くに住む男の子を、やんちゃ坊主が脅かした。

「洪水や。藤原先生が教えてくれはった洪水や」

「そうですね。この洪水をなくすために、大日山を切り取り、川の底の砂や土を取り除きます」

昇は、粘土で造り墨を塗って、あらかじめ刻みを入れておいた大日山の一部を取り去った。そしてさらに、瀬田川に沈めておいた砂の小袋をつまみ上げた。瀬田川に溜まった水が勢いよく流れ出て、木枠の外へこぼれた。湖の水位がみるみる低くなって行く。

「大津の港に浮かんでいた船が傾いたで」

「琵琶湖のあちこちに、ぎょうさん魚が横になってる」

水が引いた浜に、昇が底に貼り付けておいた紙の魚たちが現れた。

「洪水も困りますが、水が少なくなるのも困りますね。田や畑の水が不足します。船が湖を行き来できなくなります。みなさんがよおく知っているフナやモロコたちが死んでしまいます。それに、疏水に水が入らず、京都の人々が困ってしまいます」

そこで、昇は工具小屋から自慢の洗堰の模型を持ってきた。そして、それを大日山から少し下がった瀬田川に据《す》えた。

「すごい！　そっくりや」と歓声が上がり、子どもたちは模型と本物の洗堰を見比べた。

その後子どもたちは昇が話す洗堰の大切な役割とその操作の方法について、熱心に耳を傾けた。


明治三十八年三月、南郷洗堰が竣工した。瀬田川の両岸に、洋風の管理棟や監視所も建築された。

式の準備に忙しく立ち働く昇のそばに鈴木がやって来て、竣工式が済めば東京の本省へ戻ることになったと告げた。そして、昇が学校に入るために上京したら必ず、自分の家に遊びに来るようにと、ことばをかけた。

「ありがとうございます。これまで仕事の上のご指導はもちろんですが、土木の関係の本をお貸しくださったり、私の初歩的な質問にいつもていねいに答えていただくなど、ご恩は一生忘れません」

「いや、私の方こそ、昇君にいろいろ教えてもらったよ。学問をいくら修めても人の心は書物の上だけでは学べないということに、お陰で少しは気付くことができる人間になれました」

昇はとんでもないという風にかしこまった。

「ところで昇君、明日の竣工式には、これを着て参列しなさい」

鈴木が真新しい作業衣を、昇に手渡した。

生まれてこのかた着物しか身に着けてこなかった昇は、家に帰ると草履《ぞうり》を脱ぐのももどかしく作業衣に身をくるんだ。

「どうや、おかちゃん、似合うか？」

母親は、涙ぐみながら黙ってうなずいた。作業衣の上下にいくつもポケットがあり、胸のそれには、「内務省」の文字が麗々《れいれい》しく刺繍されていた。

竣工式は、事務所前の広場で挙行された。

地元からは、国会議員や県会議員、知事をはじめ県・市の幹部たちが臨席した。本省の役人、各淀川改良工事事業所の技師たちも顔をそろえた。その中に、いつものメリケン帽をかぶった沖野署長も上席《じょうせき》に着座していた。

晴れがましい思いで末席に連なっていた昇は、ひそかに南郷・黒津の村人や人夫たちが居並ぶ一般席を探した。昇は、竣工式に是非来てほしいと、前もって彦九郎と八重に手書きの案内の文《ふみ》を届けておいたのだ。

冬季は降水も少なく雪解けにはまだ早いこの時期、琵琶湖の水位はずいぶん低くなっていたため、洗堰は全閉の形をとっていた。が、今日の竣工式に合わせて一門だけ半ば開放していた。今、そこから湖水が瀑布《ばくふ》をつくって流れ落ちている。新しく着任した事務所の所長の合図で、棟梁の指揮の下、人夫たちが慎重に角材を水門へ落とし込んでいく。ウィンチを操作する人夫の緊張が、強《こわ》ばった肩の動きに表れている。竹竿で角材の傾きを調整していた棟梁が、堰柱の上で右手を挙げた。堰は音を消し、三十二門の洗堰が沈黙した。

竣工式が済み、来賓たちはそれぞれ人力車に分乗し京都でもたれる祝賀会へ出立した。式場から、堤防から、大きな拍手が湧《わ》き起こった。工具小屋の脇に、八重に支えられた彦九郎が杖を小脇にして掌を合わせていた。昇はその姿を見つけ、胸を熱くした。

工事にたずさわった人夫や関係者たちも、これまでの互いの労をねぎらい合うために石山や大津の町へくりだした。堤防に並び見学していた近在の住民も、帰途につきはじめた。

「あれは?」

会場の後始末をしながら川沿いの道を移動する人々を見ていた昇が、短く声を発した。大日山の対岸にある竹林の前を、見覚えのある後ろ姿が川上に向かって歩いている。

(あれは、後藤巡査とちがうやろか?)

制服姿ではなかったが、巨きな体を持て余すように揺すりながら歩く様子が、どこか後藤巡査に似通っている。

（いや、そんなはずあらへんな。後藤巡査はもうとっくに転勤していて、今は遠い湖北の町にいるはずやから）

昇は勝手な思いこみに縛られている自分を振りほどくように、式場を囲む紅白の幕の紐を支柱から外した。

「おつかれさま。昇君、君もみんなと一緒に町へでかけなさい。ここには、私と何人かの職員が残っていますから」

来賓を見送り終わって事務所に戻ってきた鈴木が、昇に声をかけた。

「ありがとうございます。でも、まだ少しやるべきことが残っていますので」

そう応えると、昇は式次第を記した大きな和紙を筒状に巻いて書類戸棚にしまった。

竣工の諸行事が済み、人々が引き上げた洗堰のあたりは静寂に包まれている。ゲートから落ちる水の音もない。時折、水鳥が交わし合う鳴き声が川面に響く。昼時で、事務所では留守番役の職員たちが配られた折り詰めの鮨を談笑しながらほおばっている。

陽射しが大日山を温める正午過ぎ、洗堰の上に一つの人影が現れた。

昇だ。

（まるで夢のようや）

昇は、内務省の文字が入った作業衣を身に着けた体を改めて眺めやった。小学校を卒業しただけの自分が、国家の大事業に一員として携わることができた。そして、微力ながらその達成のために汗をかいてきた。むろんそれは、自分の力だけでないことを昇はけっして忘れてはいない。殉職《じゅんしょく》した長澤所長それに鈴木技師をはじめ多くの人たちのお陰だ。自分を励まし支えてくださる沖野署長の高恩も忘れてはいけない。女手ひとつで育ててくれた母親はいうまでもない。そして――ここまで自分を見守り導いてくれたのはあの幼友だちの「こうちゃん」だ、と昇は強く思った。そう思うと、熱い涙が頬を伝った。大日山が涙でにじむ。昇は手の甲で目頭を拭《ぬぐ》い、作業衣の釦《ボタン》を外した。いつもは着物姿の彼にとって、服は身に着けるときもそうだったように脱ぐにも手なれず時間がかかった。昇はそれを丁寧に畳み、レンガを敷き詰めた橋梁《きょうりょう》の上に重ねて置いた。白い褌《ふんどし》をしめた引き締まった青年の裸体が、真昼の太陽の光をはね返す。

小学生だったノボルは、唐橋の上でどうしても川に飛び込めず擬宝珠を抱きかかえ震えていた。そして悪童に背中を突かれ悲鳴を上げながら瀬田川へ真っ逆さまに落ちていった。しかし今は、違う。昇はあごを引き締め、背筋を伸ばした。足元に満々と水を湛《たた》えた瀬田川が、さざ波にまばゆく輝いている。

昇は川中から誰かに呼びかけられたように、水面をのぞき込んだ。その瞬間だった。

「やッ」

昇は洗堰から勢いよくジャンプした。若い体が空中に浮かぶ。褌姿が地蔵跳びで、踵《かかと》から川の中へ落ちる。ずぼっ。

わずかに水しぶきがあがった。へこんだ水面が閉じて、昇が水底へ消えた。

昇は澄みきった水の中で目を開けた。そして、体を纏《まと》う早春の川の水を両腕で抱きしめた。

(こうちゃん、かたきとったよ)

そのことばが、銀色の泡となって水面へのぼっていく。それを昇が水底からながめている。透き通った水の向こうに、ゆらめく日輪が見える——。

「昇君」

川から堤防をはいあがり堰の上へ戻ってくると、そこに昇の作業衣を手にした鈴木が立っていた。

「今、堰の流量を操作する管理室から連絡があってね、水位が、どうしたわけか突然上がったらしい」

そう笑いながら言いつつ、鈴木が昇へ手ぬぐいを差し出した。

「も、申し訳ありません。勝手なことをいたしまして」

昇は受け取った手ぬぐいを握りしめ、濡れた体を小さくした。

「あの……実は」

「そんなことより昇君、早く服を着なさい。あそこで、君の大切な人が待っていますよ」

鈴木が、そう言って事務所前へ視線を向けた。

そこには、着物の袖口をおさえて小さく手を振る八重の姿があった。

明日に架ける橋

レースに先立ち、瀬田川《せた》を挟んでエールの交換がはじまった。

六月の瀬田川の岸辺には、春に新しく芽吹いた葦《よし》が若葉を茂らせ、川風に揺れている。その葦原に巣くうヨシキリは、いつもなら車が行き交う橋の上の喧噪《けんそう》に負けないほど、甲高い声でさえずっているのだが、今日ばかりは葉陰に身をひそめているらしい。

右岸に陣取る地元のK大応援団が遠来の対戦校に敬意を表し、艇庫《ていこ》前の浮き桟橋《さんばし》で蛮声《ばんせい》をあげた。打ち鳴らす大太鼓の響きが、川面《かわも》を渡って左岸に届く。そこには関東のT大応援団のチアリーダーが土手に整列していて、若い肢体《したい》をはずませ、薫風《くんぷう》の中でピンクのポンポンをうち振った。両校のパフォーマンスに唐橋《からはし》の上から、大きな拍手が起こった。

橋上は、すでに黒山の人だかりだった。欄干に隙間なく並ぶ人々の顔を、水面に反射した初夏の陽光がまばゆく照らしている。

エールの交換が終わると、観衆は琵琶湖の方へ振り向き、発艇《はってい》をいまやおそしと待ち受けた。高校生のサトシも、橋の擬宝珠《ぎぼうしゅ》の陰につま先立ちしている。

いよいよ、「K大・T大対校競漕《きょうそう》大会」の掉尾《とうび》を飾るエイトのレースが、スタートする。エイトは八人のクルー(漕《こ》ぎ手)と一人のコックス(舵手《だしゅ》)の九人構成のシェル艇だ。スピード、迫力、流麗さにおいて、まさにボート競技の花形である。

スタート地点は、湖の出口に架かるJR鉄橋下。唐橋から望むことはできないが、岸辺の遊歩道の脇に、T大の応援団員が学帽を目深《まぶか》にかぶり、大きな団旗をささげ持ち、足を踏ん張っているはずである。

「アテンション、ゴー！」

審判艇が赤旗を振り下ろした。上半身を折り曲げ、セットの態勢で息を詰めていた二艇十六人のクルーが、一斉にオールを引き寄せ、体を起こす。水をつかまえた十六本のオールがしぶきをあげ、両校の艇の舳先《へさき》がするどく前へ突き出る――。

「キャッチ、キャッチ」

艇の最後尾に身を深く沈めたコックスのかけ声とともに、国道一号線のライトブルーの橋をくぐり抜けた二艇が、リズムよくオールを繰り出し、唐橋にひしめく観衆の前に姿を見せた。

「おォー」

歓声とも驚きともとれる叫びが、橋の上に起こる。横一線である。

オールが、波静かな川面にいくつもの水紋を作る。その小渦《こうず》の跡を後ろに残しながら、シャープな舳先が水を切り裂き、こちらへまっすぐ近づいてくる。クルーたちの背中や腕や太ももの筋肉の盛り上がりが、手に取るように見える。選手たちの息づかいが聞こえたかと思うと、艇はあっという間に唐橋の下に姿を消した。

抱えていた擬宝珠の腕をほどき、橋上を走るトラックに危うくひかれそうになりながら車道を横切り、川下《かわしも》の欄干《らんかん》にとりついたのは、サトシだった。

「お気の毒やけど、今年はK大で決まりですな」

「寝言をおっしゃっては、いけませんね。昨年に続き今年も、T大必勝まちがいありません」

サトシの傍《かたわ》らで、初老の男たちが声高《こわだか》に言い争っている。この「対校競漕大会」が、一年おきに滋賀の瀬田川と埼玉の戸田ボートコースで開催されていることは、サトシも知っている。そして、対校戦の長い歴史の中で、K大がこれまでT大に負け越していることも事前に購入したパンフレットで確かめていた。サトシは拳《こぶし》をつくり勝敗の行方を固唾《かたず》をのんで見守っている。

「ご覧なはれ。唐橋を抜けた段階でもう、うちのエイトが前に出ておりますやろ」

東高西低。この不名誉な世評をいまこそ覆《くつがえ》さんと、K大OBは鼻息荒くまくし立てた。

「なんの、これからですよ。白鼻《しろばな》一つの差に威張ってはいけませんね」

サトシは、二艇の舳先にとりつけられたトップボールと呼ばれている白く丸い球へ目を凝らした。彼には、その二つのボールがオールを漕ぐたびに、交互に前へ突き出ているようにしか見えない。

「いんや、今年のうちのエイトは、後半がこれまたしぶとい。この調子やったら、数艇の差がつきそうですな」

Ｋ大のＯＢが、自信たっぷりの表情で隣の男の顔をうかがう。なるほど、Ｋ大のエイトの船足は例年になくしっかりしている。力強いというだけではない。八人のクルーのオールさばきが、美しい。

二艇はすでに新幹線の橋脚にさしかかり、ゆるくカーブを描く流れに沿いながら、人々の視界から消えようとしている。湾曲する川の背後に新緑に包まれた小高い山が横たわる。その山向こうに観音霊場の石山寺《いしやまでら》がある。

このまま二マイルを漕いだ後では厳しい結果が待っていそうで、Ｔ大のＯＢはいつになく弱気になったが、しかしそれを気振《けぶ》りにも見せず、自分を励ますように言った。

「ゴール地点まで車をとばしますか」

「のぞむところ！」

真剣にいがみ合っているのか、張り合う心を愉《たの》しんでいるのか、どちらともとれる様子で、老紳士たちは人混みをかき分け、橋だもとに駐車しておいたフォルクスワーゲンに乗り込んだ。南郷《なんごう》の洗堰《あらいぜき》の近くにもうけられたゴールまで、左岸を下がるつもりらしい。

「Win the race!（この勝負もらった！）」

Ｋ大の艇庫前の桟橋に腕組みをし仁王立ちしていた英樹《ひでき》が、短く声をあげた。五月のレガッタの後、三回生の英樹はボート部の主将に選出されていた。

その横で声援を送っていたマネージャーの薫《かおる》も、川下へ消えていく二艇を見送りながら、自校の勝利を確信した。

薫がボート部のマネージャーになったのは、ほんの一月《ひとつき》前だった。大学に入学し京都の下宿生活にようやく馴れ始めた頃、構内に貼り出されていたマネージャー募集のポスターの「自然を相手に闘うスポーツ！」という惹句《じゃっく》が目の中に飛び込んできた。ポスターに踊る「瀬田川」や「琵琶湖」という言葉も、大阪出身の薫を未知の世界へいざなうように心地よく響いた。

ボート部の主将が同じ文学部英文科の英樹だったこともあって、薫はすぐにボート部の雰囲気にうち解《と》けた。

――二マイル、三・二キロの下りコースだから、十分たらずでゴールで待ちかまえる部員から吉報が入るわ。

薫は祝勝会の準備のことを考え始めた。

――そうだ、川向こうの漁業組合に連絡を入れて、シジミの取り置きをお願いしよう。シジミ汁、みんなきっと気に入ってくれるわ。

「キャップ、打ち上げの準備をしてきます」

薫はそう明るく英樹に声を掛けると、自分の思いつきに興奮気味に合宿所へ駆け出した。後ろに束ねたポニーテールが若鮎《わかあゆ》のように跳《は》ねている。英樹はその無邪気な姿に、短く嘆息した。

橋の上では二艇を見送った観衆が左右に分かれ、橋詰めへ向かって動き出している。

――あの高校生も来ているな。

英樹は、弧を描く橋の欄干を握りしめボートに伴走する審判艇が視界から消えた後も、じっと行方を見詰めているサトシの姿を認めた。

去年の入学式の日のことだった。

新入部員勧誘の責任者に指名された英樹は、早朝から部員仲間とともに大学の正門前に並んだ。他の体育系や文化系のクラブ員たちに先んじて地下鉄の駅から地上へ出て、団をなしてやってくる新入生たちを待ち受けた。

「おめでとうございます」

英樹たちは満面の笑みで新入生を迎え、ボート部のチラシを手渡した。そして、英樹は構内の隅《すみ》の古びた部室で待機していた。入学式が挙行された日である。おまけに華やかなアメリカンフットボールなどに較べて、ボートがマイナーなスポーツだけに、新入生がその日に部室を訪れることは期待できなかった。英樹もそれを承知しながらも、輪番表を作成した者として初日の当番の役目を担った。

「失礼します！」

扉を開け放った部室の前で、元気な声があがった。英樹が手持ちぶさたに読んでいた英字新聞をあわてて畳んだ。

徹《とおる》だった。

「工学部建築学科です」

入部を歓迎された徹は、名前とともに明るく専攻を告げた。聡明さが感じられる、はきはきした受け応えだった。高校では三年間、柔道部で活動したという。なるほど新調したブレザーの上からも筋肉質の体が想像できる。しかし、ボート選手としては下半身と持久力を鍛《きた》える必要がありそうだと、英樹は柔和な表情の裏で鋭く分析した。

「練習場所は――」

そう説明しようとした英樹を、徹が引き取った。

「瀬田川ですね」

彼は地元の滋賀県の高校出身で、合宿所のあたりの地理にも詳しかった。

「明日から、参加させてもらっていいですか？」

こちらの当然の承諾を持ち設ける口調に、英樹はすこし不快感をいだいた。それに、彼の性急さが気になった。

徹が部室を辞去した直後だった。英樹はまたも読みかけの英字新聞を放り出した。

現れたのは、同じく新入生の寛也《ひろや》だった。専攻は理学部の物理。高校時代は、バスケットボール部に所属しただけあって、かなりの背丈だった。その長身を包む学生服には、いまだ高校の校章をデザインしたボタンが並んでいる。英樹は、自己紹介を受けて彼が徹と同じ高校の出身だと分かって少なからず驚いた。寛也は徹とちがって、いくぶん覇気に欠けた。受験勉強に疲れていたせいだろうと英樹は思ったが、額に垂れる前髪の奥の瞳の昏《くら》さが、気がかりだった。とまれ、ボート部は幸先《さいさき》よく二人の新人を得た。ボート部がある高校は全国的にもごくわずかだ。はじめてオールを握る者が、大半だった。英樹は、二人が磨けば光る原石であることを、初対面で見抜いた。

翌日瀬田川河畔《かはん》の合宿所に現れた二人へ、英樹はさっそく部内のニックネームを与え迎え入れた。

徹はテツ。寛也はカン。

むろん、二人に異存はなかった。

「ところで、君たちは相談し合って入部してきたのかい?」

「とんでもありません！」

　テツが言下に否定した。

　部員のトレーニング係を担当していた英樹は、ボートに関してまったくの初心者であった二人に、ほとんど付ききっきりで指導した。艇庫から引き出したボートを水際《みずぎわ》まで運ぶ準備段階から、オールをボートに固定する手順、リギング（オールやシートなどの調整）、オールの握り方、ブレード（櫂《かい》の刃）を水に入れる角度、力の入れ方と抜き方、湖水と人工コースのそれぞれの戦い方、全国の漕艇《そうてい》部の力量と勢力図等々、巨細《こさい》にわたって丁寧に教えた。もちろん、ボート競技の魅力について、とりわけ四季の風を体いっぱいに受けながら、何物にもさまたげられることなく仲間と力と心を合わせ、水面近くを滑っていく爽快感を、水の上でも陸《おか》でも熱く語った。輝かしい部の歴史についても、記念誌や蓄積されたデータブックをもとに、レクチャーした。コンパの席では、血気ある青年が適度に羽目をはずすことも、身をもって伝授した。

　英樹の抜け目のないところは、二人が高校時代からライバルであったことを巧みに利用したところだった。テツは柔道部、カンはバスケットボール部で、部活動での接触はなかった。それに、クラスも別だったという。しかし二人は学業の上で、よき競争相手だった。学年の一、二番をいつも彼らが独占した。

テツのプライドの高さは、半端ではなかった。彼は次席に甘んじることに非常な屈辱を覚え、その悔しさをクラス仲間にぶちまけた。そして、トップを獲《と》った時は、テツは小学生のように有頂天になった。一方、カンはいつも物静かだった。一番を相手にゆずった時は、カンは自分を責めた。どこに不備や努力不足があったのか内省し、次の試験には完璧を期した。

大学のボート部においても、競い合う二人の姿勢に変わりはなかった。英樹の巧みな人心掌握《しょうあく》の術が、そのライバル心を一層燃え上がらせた。二人は周囲が目を瞠《みは》るほど、日を追うごとに力と技を身に付けていった。

そして一年後、迎えた六月の東西大学の定期戦。

「今年こそ、T大に勝つ」

それは近年負け続けているK大ボート部の、悲願にも似た合い言葉になった。

T大との対校戦は、両校とも二回生のメンバーで争われることが伝統となっている。英樹は、テツとカン以外の二回生の総力は、T大と互角であると分析していた。五月に行われたレガッタ後に主将に就いた英樹にとって、最初の大きな大会だった。彼にとって、いやK大ボート部にとってT大に勝利することは、目標ではなかった。必至のゴールであった。

合宿所の厨房《ちゅうぼう》で忙しく立ち働いていた薫のスマートフォンが鳴った。ゴール地点にいる部員からの一報だ。

「もしもーし」

薫は明るく応じた。

「K大……」

「え?　よく聞き取れなくってよ。もう一度言って」

「K・大・が・負・け・た」

相手は、とぎれとぎれに繰り返した。

まさかの知らせに、薫はスマートフォンを握りしめながら、その場にへたりこんだ。

「チクショウ!」

ボートから上がってきたテツが、釣り人が岸辺に残して帰ったペットボトルを、思い切り足蹴《あしげ》にした。それを見ていたT大のキャプテンが、英樹のところへやってきた。

「もう一本やりましょうか?」

レースのやりなおしの提案だった。

K大の敗戦の原因は、瀬田川の藻《も》だった。K大クルーの一人の櫂が、川藻に取られたのだ。オールはブロックされ、艇にブレーキがかかり、舳先が大きく横へ振られた。その間にT大のエイトは、K大を置き去りにしてみるみる遠ざかった。

今年は暖冬で、四方の山から琵琶湖へ流入する雪解け水が少なかった。おまけに春に雨がほとんど降らなかった。湖の水位が低くなり、川底に太陽の光がよく届いた。その結果、藻が異常に繁茂したのだ。それでも、川の流れがあれば、藻は髪の毛のように川下に向かって靡《なび》く。大会前の練習では、両校とも藻の存在に気付きさえしなかった。

しかし、大会当日、瀬田川の下に設けられた洗堰が放流を制限したため、流れが緩やかになった。川底の藻が林のように立ち上がった。そこへ、櫂が絡《から》んだのだ。

「不可抗力ですから……」

T大のキャプテンがすまなさそうに言った。それを耳にしたテツが勢いづき、英樹のところへ駆け寄った。エイトを争ったK大の他のメンバーも、リベンジの機会を期待して英樹を囲んだ。

「気持ちはありがたくお受けします。しかし、自然の中で行うボート競技には、アクシデントはつきものです。それを、予測して未然に防ぐ。それも、実力の内です。僕たちの完敗です」

英樹の落ち着き払った口調には、居合わせただれもに反駁《はんぱく》をゆるさない意思の強さがこもっていた。テツも他のメンバーも、黙って引き下がるほかなかった。

「し、しかしカンは赦《ゆる》さん！」

気持ちが収まらないテツが、艇庫で後片付けをしていた一回生をつかまえ、憤懣《ふんまん》をぶちまけた。やるかたないテツの怒りの矛先が、カンへ向けられた。名指しされたカンは閉会式に臨むため、仲間と一緒に宿舎前の広場に並んでいた。

「良かったとは、何だ！　くそっ、K大が負けて良いものか！」

身も心もすっかり熱くなったテツが、躰《からだ》に張り付いたダークブルーのユニフォームを引きはがし、上半身裸になった。盛り上がった胸の筋肉が、ひきつっている。

「藻に阻《はば》まれたのがT大のクルーでなく良かった、だって？　遠来のゲストだと？　何様だカンめは。あのすましこんだ言いぐさ。我慢がならん。そうだろ？」

ひとり艇庫に残ったことを悔やむ後輩が、裏返しに台上に据《す》えられたエイト艇の下に隠れるように、身をかがめた。

「良い子ぶりやがって。あいつは、高校時代から、そうよ偽善者だ！」

「あのう先輩、もう閉会式が始まっていますが……」

艇の陰から後輩が声を絞り出した。


対校戦の後、テツとカンの間に深い溝が出来た。その心のへだてが、オールのピッチの乱れとなって現れた。とりわけ、テツのオールには余計な力が入り、艇のスムーズな推進を妨げた。ときには、水上を滑るというより、砂利の上をがりがり艇底《ていてい》を引きずっていくようなひどい漕法となり、コックスを務める英樹を困惑させた。

初心者を目標に向かって錬成《れんせい》することは、そう難しいことではない。指導法さえ間違えなければ、初心者は脇目もふらずに目標達成のために、努力する。そして、驚くほどのスピードで進歩する。問題は、一定の力量を身に付け結果を残しはじめた選手が、しばしば陥《おちい》る落とし穴である。達成感と技量の余裕が、自我の頭をもたげさせる。ひたむきさが、いつのまにか忘れ去られる。

英樹がテツに対して当初から抱いていた危うさが、現実のものとなった。テツの態度に変化がうまれた。二回生でありながら先輩たちを脅かす存在になっていることを、テツは十分自覚していた。そして、それに見合う評価と処遇を周囲から受けることを当然のごとく考えている風だった。

一方、カンのボートに対する姿勢に変わりがなく、黙々とトレーニングに励んでいたが、もともと身にまとっていた、どこか寂しげな翳《かげ》りが次第に深まっていった。練習後、艇庫にエイトを納めると、ひとりで瀬田川の堤に膝を抱えている姿がしばしば目撃された。部員たちは、しかしそんな彼に干渉することを控え、互いの距離間を大切にした。

秋の関西学生選手権大会で、K大エイトは完勝した。しかし、炯眼《けいがん》のボート関係者は、

K大のエイトの変化を見逃さなかった。船足《ふなあし》は保たれていたものの、あきらかに以前に比べオールのリズムに狂いがみられた。テツとカンのオールさばきにズレが生じ、それが他のクルーに影響を与え、流れに乗るというより、力づくで艇を推し進める漕法になっていた。そのことは、櫂が作り出す渦の形にはっきり見て取れた。これまでのK大の渦は斉一《せいいつ》で美しいと定評があった。けれど、この度のそれは深いえぐりはあったものの、形がみにくく崩れていた。

「このままじゃ、K大のエイトは沈《ちん》するね」

大会を主催したボート協会の役員の一人が、そう懸念をもらした。

主将である英樹はこの部の危機を、だれよりも深刻に受け止めていた。しかしいたずらな焦りは禁物だった。英樹は冷静になった。そして、熟慮の末に途方もない戦略を思い立った。

「来春のレガッタで優勝する」

レガッタは、例年五月の連休に地元の琵琶湖漕艇場で開催される。社会人チームも参加する全国規模の大会での優勝——それは余りにも遠くて、高いターゲットだった。K大ボート部が端艇部《たんていぶ》と呼ばれていた頃にトップを獲ったことがあるが、それはもう四半世紀以上前のことだ。あれから何度チャレンジしても、K大は毎年分厚い壁にはね返されてきた。

「我々が新しい歴史の扉を開く！」

関西学生選手権大会の祝勝会で、英樹は宣言した。ウオーッと部員が喚声をあげ、幾人かが両手を頭上にあげて大仰《おうぎょう》にパチパチ手を叩いた。冷やかしは、しかし主将の真剣さに気圧《けお》され真顔になった。「もしかしたら」という気持ちが、部員の中に生まれた。今年最後の大会に勝利した高揚感が、若者たちの士気を掻《か》き立てた。


十二月には、ボート競技はオフシーズンになる。湖国に比叡《ひえい》下《お》ろしが吹きはじめ、寒風が琵琶湖に三角波を作った。日本海から比良《ひら》山系を越えてくる北風が吹きすさぶ日は、湖面がうねり、艦隊のように群れをなした白波が沖合から岸辺に押し寄せた。よほどの日和《ひより》でない限り、ボートを湖や川へ浮かべることは危険だった。

主将の英樹は来春のレガッタに向け、さっそく陸上でのトレーニングのプログラムを作成した。五月まで半年の勝負である。まず各自の自主性に任せていたオフシーズンの練習を、強制力のあるものに変えた。湖や川の風景を眺めながら岸辺を走るジョギングに替わって、より負荷《ふか》のあるインターバルを取り入れた。そして、週に一度の割合で長距離走を課した。雨天の日は、合宿所で陸上でのトレーニング用のローイングエルゴメーターを漕がせ、肺活量と筋力アップを図った。漫然と器機を漕ぐだけに留まらず、グラフを作成し個々人の取り組み状況を壁に貼りだし、視覚化した。

英樹はデータを詳細に積み上げ、分析と改良を重ね、トレーニングのステージを一段ずつ確実に上げながら、あせらずしかし緩慢さは戒め、部員たちの基礎体力の向上に力を注いだ。とりわけテツとカンの二人に対して、英樹は容赦がなかった。二人はその厳しさに悲鳴をあげながらも、英樹の合理的なやり方を素直に受け入れた。

英樹は自分の立てたプランが順調に進んでいる手応えを感じていた。部員にはまだ伝えていなかったが、三月末には埼玉の戸田ボートコースで二週間の合宿を行うことを計画していた。そこは、人工コースで風波の心配がない。思う存分、オフシーズンで培《つちか》った力を試す。それを英樹は、実戦形式での総仕上げの練習と位置づけた。

——しかし、その前にやっておかなければならないことがある。

英樹は個々人のデータを記録した分厚いファイルを閉じながら、つぶやいた。

土日のK大の練習日には欠かさず見学にやって来る高校生のサトシのことを、英樹は思った。

——ずっと我々を追っかけている、というより、彼はカンに強く心を寄せている。度の過ぎているところが少し気にはなるが、練習を邪魔するわけではない。遠くから熱い視線を送ってくるだけの若者だ。それを無下《むげ》に拒むのは、了見が狭いというものだ。憧れはいつだってウルワシイ。

サトシと何ほども年齢に差がないにもかかわらず、英樹は遠い目をして自分の高校時代を懐かしんだ。

「問題はあの若鮎……」

そう言いさし、英樹は主将とは因果な役回りだと自嘲気味に首を振った。


真冬の琵琶湖は、北国から飛来してきた渡り鳥で賑わった。ヒドリガモやキンクロハジロたちが、湖のあちらこちらに群れを作っている。湖から流れ出る瀬田川の葦原の陰では、ヨシガモにまじって真っ黒なオオバンの姿も見かけられた。

風が強く吹く日は、湖面に浮かんだキンクロハジロたちが、荒波の中で互いの位置を確かめようとするのかフィーフィーと鳴き合う声が、湖畔や川端の末枯《うらが》れた景色を一層もの悲しくさせた。

その日は冬には珍しく風もなく、よく晴れた日曜だった。川も湖も凪《な》いだように静かだった。週末に揃った部員たちが、朝早くから各自のボートを艇庫から引き出し、瀬田川へ浮かべた。シングルスカル、ダブルスカル、舵手つきフォアの各艇がつぎつぎと合宿所前の浮き桟橋を離れていく。テツとカンも他のメンバーと一緒にエイト艇に乗り込んだ。コックスの英樹の合図で、八人が息を合わせグイと一漕ぎする。とがった舳先が、銀紙に鋏《はさみ》を入れるように朝の陽射しに輝く川面を切り裂く――。

午前の練習を終えた部員たちが昼食のあと、午後の練習再開までの自由時間に石山寺まで散策にでかけた。みんなが出払った合宿所の大部屋では、薫が午前中干しておいた部員たちのタオルを取り入れ、膝の上で一枚一枚皺《しわ》をのばしながら折り畳んでいた。そして、ネーム入りのタオルを学年ごとに積み上げていった。「テツ」と無造作に書きなぐったタオルを、薫はけがらわしいものを手にしたように、つまみ上げた。

「きのう、君の夢を見たぜ」

そう、薫はテツに耳元でささやかれた。一週間前のことだ。大学の構内ですれ違いざまの声掛けに、薫はきょとんとした。我に返ってあたりを見回し、先輩のテツと自分きりだったことに、まずホッとした。そして、大股で去っていく背中を見ながら、さっきの声は空耳だったと自分に言い聞かせた。けれど、それを無視するどころか、時間が経つにつれてテツのささやきが薫の中に大きく響いてきた。彼女はしだいにテツへの憎しみの感情をつのらせた。一方で彼の不躾《ぶしつけ》を、容易に消し去ることができない自分にも腹が立った。夢の中身はどのようなものだったのだろう、と思い始める自分がうとましかった。夜、下宿でうとうと眠りに入ろうとすると、突如テツの低くくぐもった声がなまなましく蘇ってきて、両手で耳をふさぐことが一再《いっさい》ならずあった。あの日から、薫は寝付きの悪い夜を過ごしている。

「ごくろうさま」

散歩には行かなかったのか、いつの間にか主将の英樹が部屋の中に入っていて、窓ガラス越しに川面をながめながらマネージャーをねぎらった。薫は、英樹に心の内を覗かれでもしたように慌てて、ぞんざいにテツのタオルを折りたたみ、カンのタオルの上に重ねた。華奢《きゃしゃ》な手には不似合いな乱暴な仕草に、英樹は苦笑した。慌てて立ち上がろうとする薫を制止しながら、英樹がたずねた。

「君がボート部のマネージャーを希望した理由を、まだ聴いていなかったね」

応えたくなかったら無理強いはしないよという英樹の口調に、薫は好感が持てた。新しい話題に自分を連れ出したいという思いもあって、薫はすこし饒舌《じょうぜつ》に語り出した。

「受験勉強をしていた頃、大手予備校の模擬試験に『街道をゆく』が出題されたことがあったんです」

「たしか司馬遼太郎だったね」

「はい、その大阪に居を構えていた作家の近くに、私の実家があるんです」と胸を張る薫に英樹はほほえみながら、話のつづきを促した。

「今でも不思議とよく覚えているのですが、次のような件《くだり》がありました」

　私は近江《おうみ》からみれば低い淀《よど》川河口の沖積《ちゅうせき》平野のはしに住んでいる。大阪を出た列車が山城《やましろ》平野に入るだけですでに土地が隆《たか》い。やがて近江平野を過ぎてゆくとき、豊穣《ほうじょう》で、たかだかとした台上をゆく気分がある。


「私も作家のように『胸の中でシャボン玉が舞いあがってゆく』気分を味わいたかったのかもしれません」

　そう、薫は照れるように言い添えた。

「近江なら琵琶湖、琵琶湖ならボート。たまたま構内でボート部のマネージャーを募集するポスターを見つけて、これだと思ったんです。私って単純です、ね？」

　大きな瞳が、いたずらっぽく英樹を見詰めた。幼さの残る澄んだ目をしている。英樹は薫を、顔立ちの整った愛くるしい女の子だと素直に認めた。と同時に、やっかいな部員を抱え込んだ、と彼女と自分を突き放した。

　マネージャーにかなう条件は、気働きと協調性であり、邪魔になるのは自己顕示欲だと英樹はつねづね考えている。その点、これまで見てきた限り、薫は誠実に役割を果たし、仕事の段取りも申し分ない。何より裏方に徹しようとする姿勢が好ましい。しかし、いささか懸念があった。本人は意識していない彼女の全身を包む過分な匂《にお》やかさが、邪魔だった。油断していると部内に波風が立つ、と英樹は警戒した。

「なるほど、大阪から近江へ上ってくるか。琵琶湖の水面は大阪城の天守閣と同じ高さだから、その感覚分からないこともないね」

英樹はさりげなく、薫のおしゃべりを受け止めた。

「ところで、入部時に伝えた持ち込み禁止のことは当然だけど、マネージャーとして何か困ったことがあるかい？」

英樹の言う持ち込み禁止とは、煙草と恋愛のことだった。部の規則には、それらのことは明文化されていなかったが、部内は禁煙とし、部員同士の個人的な付き合いは御法度《ごはっと》だった。過去に合宿所で寝たばこが原因のボヤ騒ぎがあり、その時から禁煙の不文律ができた。そして、部員同士の男女の親密な関係。

薫の脳裏をテツの非礼な振る舞いが一瞬よぎった。だけど、そのことを口にすることは、なぜか彼女には憚《はばか》られた。口にすれば、自分自身を卑しめるような気がした。

「とくにありません。ご心配ありがとうございます」

薫は朗らかに応えた。座ったまま居ずまいを正しお辞儀をする彼女の頭の後ろで、また若鮎が跳ねた。「じゃ」と言って部屋を出て行こうとした英樹が、出入口の引き戸を握りながら立ち止まった。

「そうそう、カンのタオルに、何かおかしなものでもついていたのかな?」

「え?」

薫は、怪訝《けげん》な顔で英樹を仰いだ。

「ずいぶん時間をかけて畳んでいたからさ」

大部屋の真ん中に、耳たぶを真っ赤にしてうつむく薫が、ひとり残された。


薫はタオルの整理を終えると、急いで大部屋の掃除にとりかかった。部屋の壁にかかった時計が、午後の練習開始時間が迫っていることを告げている。もうすぐ部員たちが散策から帰ってくる。それまでに済ませておこうと、薫は掃除機をせわしく動かした。

その時だった。部屋の壁際に置かれていた部員たちのスポーツバッグの一つで、スマートフォンの着信音が鳴った。薫は特に気に留めることなく、掃除に専念した。掃除機のモーターの音にまぎれていたメロディーが、止まった。しばらくして、再び着信音が鳴り出した。さすがに気に掛かり、彼女は掃除機の停止ボタンを押した。

『明日に架ける橋(Bridge Over Troubled Water)』の曲が大部屋いっぱいに響き渡った。

メロディーが流れてくるバッグは、まちがいなくカンのものだった。

「サイモン&ガーファンクル……」

薫は、そのスポーツバッグをじっと見詰めた。

「カン先輩はどこですか?」

散歩から合宿所へ戻ってきた部員の一人に、薫が訊《たず》ねた。

「オレたちと一緒じゃなかったぜ」

薫は、カンのバッグを胸にだき抱え、外へ飛び出した。カンはすぐに見つかった。彼は浮き桟橋に腰を下ろし、ひとり川面を眺めていた。どこか淋しそうで、鍛え上げた肉体とは不釣り合いに躰に孤影がまといついている。カンの力のない視線の向こうに弓なりの唐橋が擬宝珠を並べている。

薫は近寄る者を拒むようなカンの後ろ姿に一瞬ためらったが、小走りの勢いのままカンへ声を掛けた。

「あのう、さっきから着信音が止まなくて。何か急ぎの用件かなと思って……」

カンは弱々しい微笑を浮かべ、薫が差し出すバッグを受け取った。

カンの握りしめるスマートフォンから、「必要書類」、「研究テーマ」、「イギリス」などのことばがきれぎれに、合宿所へ引き返す薫の耳に届いてきた。

五月、レガッタの季節がやってきた。

琵琶湖漕艇場のコースに沿って並ぶ柳が、明るい黄緑の葉をつけて岸辺を彩っている。薄い霞《かすみ》の奥に比良の山々が遠望される。

湖で一冬を過ごした渡り鳥たちの多くは、もう北の国へ帰っていった。わずかに居残るカモがレースの妨げにならないように湖岸の捨て石近くで藻を啄《ついば》んでいるが、彼らとて旅立つ日は近い。

「諸君、いよいよ歴史を創る時だ！」

英樹が大会の最終日を翌日に控えたミーティングのしめくくりに、声を張り上げた。主将を取り囲む部員たちが、「オーッ」と拳を突き上げた。

合宿所の電灯は宵の口には消された。河畔の闇が部員たちの闘志を包み、合宿所は明日のエイトの大一番にそなえ、静まりかえっていた。

「アテンション、ゴー！」

審判艇の合図が湖上に響いた。

ゴールから一キロ先にある近江大橋のたもとのスタート地点に、水しぶきがあがった。

六コース六艇が横一線に並んでこちらへまっしぐらに進んでくる。レガッタの最終日の最後のレース、エイトの決勝だ。決勝に残ったのは、学生チームではK大だけだった。あとは実業団の強豪ばかりだった。

六艇がほとんど同時に五〇〇メートルの中間点を示す赤白段だらのポールを過ぎると、岸辺に詰めかけた群衆の歓声が一層大きくなった。各チームの応援団が、大太鼓を鳴らし団旗を打ち振った。小編成のブラバンの曲調が速まった。やがて、艇の最後尾に陣取るコックスの小型マイクを通した掛け声が、ゴール近くに陣取った人々の耳にはっきり届く距離となった。そして、選手たちの息づかい、オールのきしむ音が間近に聞こえたかと思うと、各艇は矢のようにゴールを漕ぎ抜けた。

「K大、K大の勝利です！」

実況を担当していた学生のアナウンスが、火のついたように連呼した。

「こりゃ、事件だ！」

ゴール近くの本部テントで大会委員長が叫んだ。

今年のK大チームはあなどれない、と大会前にささやかれてはいたが、まさかの圧勝だった。一艇差をつけて常勝の地元の実業団チームを、破ったのだ。

漕ぎ終わって浮き栈橋に艇を横付けした実業団の選手たちが、陸《おか》に上がる気力も失せたのか、オールを抱えたまましばらくじっと動かなかった。

「勝因はどこにあったのでしょうか」

コックスを務めた主将の英樹が新聞記者の取材を受けた。英樹は「テツとカン、この二つのターボエンジンを搭載したことです」と言いたかった。が、さすがに他のメンバーの心情をおもんぱかって、

「チームワークです。それに、八人のメンバー一人一人が、自分の役割をしっかり果たしたことです」と、優等生の応え方をした。

記者たちは小型レコーダーとメモを手に各選手たちにも取材を行った。テツは記者に囲まれ、ご機嫌に受け応えをしていた。テレビカメラがカンの姿を探したが、すでに彼の姿はそこになく、本部テントから離れた瀬田川沿いの葦原の陰にあった。彼は、護岸の石組みのひとつに腰掛け、ぼんやり水面を眺めていた。その後ろ姿は、まるでレースに敗れたチームの一人のようだった。

「あのう……」

声を掛けられたカンが、膝を抱えた姿勢のまま、声の方へ振り向いた。

「握手をしてもらえませんか?」

そこに、高校生のサトシがうつむき加減に右手をおずおず差し出していた。

カンはしずかに立ち上がった。一八〇センチをゆうに越える長身、一片の贅肉《ぜいにく》もない引き締まったボディーを前にして、サトシが少し後じさった。サトシの目の前へ、大きな右手が伸びてきた。

「あ、ありがとうございます」

声を裏返して礼を述べると、サトシは逃げるように遊歩道を唐橋の方へ走っていった。

サトシは走りながら、なんども握りしめた自分の手の平をながめた。カンの掌《て》は、優美な肢体に似合わず荒々しかった。指の根に盛り上がった肉刺《まめ》が、サトシの柔弱な掌をはじき返した、そんな感覚にサトシは驚くと同時に、自分だけがほんものの寛也という人間に触れたような歓びを噛《か》みしめた。

「カン先輩、留学するらしいわね」

五月のレガッタが済んで間もない日、合宿所で大会結果を整理していたマネージャーの一人が、薫に話しかけた。

「え？」

薫はデータブックへ走らせていたボールペンを止めた。

「どこへ？」

かろうじて平静を保って、薫が訊ねた。

「ケンブリッジ大学だって」

「イギリスの？」

「そうよ。一応こちらの大学は休学という形らしいけど、ゆくゆくは向こうで学位を取るかも知れないって」

「ふーん、そうなんだ」

「なんだ薫、知らなかったの？」

——そう言えば、以前スマートフォンの入ったスポーツバッグを渡しに行った折、カン先輩がそれらしいことを携帯電話で話していたっけ。

「どうしたの薫、ぼんやりしちゃって？」

「いえちょっと。K大のエイトがこれからどうなっちゃうのかなと思って」

「そこよ、そこ。テツ先輩は、『身勝手な奴だ』と憤慨《ふんがい》してるわ。レガッタが終わって英樹先輩から主将を引き継いだ直後の部員の留学の話でしょ。テツ先輩が怒るのももっともよね。『奴は留学だと恰好《かっこう》つけているが、単なる現実からの逃避行に過ぎん』と剣幕は相当なものよ」

「一度カン先輩に直接話を聞いてみたいわ、ね」

しかしレガッタの後、カンはボート部に姿を見せなくなった。

夏休みが始まって間もない頃だった。九月の渡欧前の区切りのつもりだったのだろうか、カンが午《ひる》おそく合宿所にひょっこり現れた。白のキャップを目深《まぶか》にかぶり、K大の艇庫から一人乗りのスカルを運び出しているカンを見つけて、薫はあたりにはばからず大きな声を挙げた。

「先輩、カン先輩！」

薫はポニーテールを跳ね上げながら、スカルを肩に担ぎ上げ川辺へ向かうカンへ駆け寄った。

「お久しぶりです」

カンがわずかに口元をゆるめた。

「留学されるんですね」

薫はとがめ立てするような口調で訊ねた。カンは小さくうなずき、ボートを浮き桟橋へ据えた。そして、シートの位置を調整するためボートへしゃがみこんだ。薫もその横に腰を下ろした。

「先輩はもうボートに興味がなくなったんですか？」

まさかという表情で、カンがキャップの奥から薫を見返した。じゃ、なぜ？　という風に彼女は首を傾《かし》げ、帽子の陰のカンの瞳をのぞき込んだ。ボートというより自分自身に興味をなくしたのかもしれない、とカンが独り言のようにさびしげにつぶやいた。薫は、そんなカンを先輩と知りつついとしく思え、包み込んでしまいたい衝動に駆られて胸が苦しくなった。

「私たち先輩の帰りを待っていていいんですね？」

薫は〝私〟と言いたい気持ちをかろうじて怺《こら》えた。カンは黙ったまま、オールのセッティング作業を続けた。

二人の目の前に水鳥のつがいが浮かんでいた。向こう岸では、釣り人が何度もルアーを川の中へ投げ込んでは、忙しく糸をたぐり寄せていた。その川下のあたりで、小舟に乗った漁師が長い竹竿を水の中へ差し入れ躰を反《そ》らせながら、ジョレンで水底のシジミを漁《すなど》っていた。

やがて沈黙に耐えかねるように、薫が口を開いた。

「水鳥って、あのようになんでもない顔をして、水の中では必死にみずかきのついた脚を動かしているんですね……カンジョウに、いえ川に流されないように」

薫はそう自分の想いの丈《たけ》を伝えるのが精一杯だった。しかし、カンの無表情な横顔からはその意図が伝わったのか、彼女には推し量ることはできなかった。

リギングを終えてカンが立ち上がった。と、いきなり背後から拡げた両腕が彼の躰を抱きしめた。

「しばらくこのままで、い・さ・せ・て・く・だ・さ・い」

カンを抱きしめた声が震えていた。抱擁《ほうよう》されたカンは、相手を邪慳《じゃけん》に拒むことはしなかった。求められるまま、不動の姿勢で川の流れを見詰めていた。

「ボク、勉強してきっとK大学へ入ってみせます!」

両腕をほどくとサトシはそう叫び、土手にとめておいた自転車にまたがった。薫はあっけにとられ、口をあんぐりと開けたままその場に立ち竦《すく》んでいた。カンは何事もなかったようにスカルを抱え、浮き桟橋から川面へ降ろした。

薫は、高校生のサトシのなすがままにじっと桟橋に佇《たたず》んでいたカンの心を、はかりかねていた。

混乱する頭の中で、カンとの「別離」という二文字が薫の心に押し寄せてきた。大切なものが永遠に失われるような、そんな切迫した思いが湧きあがってきた。何かしなければと焦りながら、具体的にどうすればよいのか分からなかった。

——あの高校生のまっすぐさが自分には欠けている。

薫には、サトシの奇矯《ききょう》な行動がうらやましくさえ感じられた。カン先輩がボート部を去ろうとする今、マネージャーが部員に特別な感情を抱くことを禁じた束縛から解き放たれていいはずだった。不自由にしているのは素直になれない自分自身だ、と彼女は躊躇《ためら》う心をしかりつけた。

「先輩、わ・た・し、待っていていいんですね」

そう薫は念を押した。そして、浮き桟橋から去ろうとするカンのオールの櫂を握り押しとどめた。薫の強引さにカンは困惑しながら、その返事は唐橋をくぐり抜けたところでと言い残し、桟橋を離れた。

瀬田川は、多くのボートで賑わっていた。女子高校生の四人漕ぎのクォドルプル艇が、息を合わせ川上へのぼっていく。それとすれ違うように大学生のダブルスカルが、両岸の景色を愉しむようにゆったりオールで水を掬《すく》って川下へ消えていく。

薫は小走りに川岸の遊歩道を唐橋へ向かった。彼女が唐橋に着くと、すでにカンのボートは橋をくぐり抜け、川幅が広くなるあたりを琵琶湖へ向かって進んでいた。艇の両側に柔らかな小渦が生まれ、それがしばらく消えずに文様となって水面に残っていく。

橋の欄干に身をあずけ、薫は川を遡《さかのぼ》っていくボートを目で追った。川面には何艘ものボートが浮かんでいた。が、彼女の目には一艇しか映っていなかった。その遠ざかるボートの漕ぎ手が、橋の上の自分に向かって諾意《だくい》の合図を……。

——先輩はきっと、キャップをとって振ってくれる。

薫は、欄干に添えていた両手を固く握り合わせた。カンのボートが、漁協の船溜《ふなだま》りにさしかかった時だった。右岸の奥に連なる山並みから黒雲が瀬田川の上空へ流れ入り、水面にザーッという音を立てた。あたりが通り雨で白く煙った。唐橋の上で、通行人が頭上に肘《ひじ》をかざしながら右へ左へ駆け出した。薫は髪からしずくをしたたらせながらも、煙る雨脚の奥へ目を凝らした。やがて雨が止み、うそのように明るい夏の川の風景が展《ひら》けた。しかしカンのボートはもうそこになかった。ボートは川から湖へ入ったらしい。薫はうなだれた。夕立に濡れそぼった髪をかき上げ瞼《まぶた》を手の甲でぬぐい、薫がふたたび面《おもて》をあげた時、彼女の頬にかすかな笑みが浮かんでいた。

「Like a bridge over troubled water」

薫はカンのスマートフォンの着信メロディーを口ずさんだ。

「I will lay me down……」

あなたの力になりたい、そう彼女は歌のフレーズへ自分の想いをのせた。

薫には、向こう岸へ渡ることができるのか分からなかった。けれどどんなに川幅が広くても、カンとの間に橋だけは架けておきたかった。

青色の拡がる空を仰ぎながら、薫は大きく息を吸った。そして、ボートの消えた湖へきっぱり伝えた。

「先輩、帰国を待っています」

あとがき

小説を書きはじめたのは、大学を卒業して教職についた頃です。二十五歳のとき、小遣いを貯めて小冊子を作りました。『尻無川』という三十枚そこそこの短篇です。

その後、「滋賀作家クラブ」に入会し、同人誌にいくつか小説を発表しました。その時合評会をとおして指導を受けたのが、徳永真一郎さんや津吉平治さんでした。

三十代に入ると教育に専念し、六十で定年を迎えるまで休筆しました。そして、退職後再び筆を執り、今日までこつこつ小説を書いてきました。

この度、最近の投稿作をまとめて短篇集を出すことにしました。私にとって本という形では、最初の自費出版です。

『笛の音』は、平安時代の恋物語です。

『鬼の念仏』は、江戸時代の無名の大津絵師を主人公に設定しています。

『洗堰物語』は、明治に完工した南郷洗堰にまつわる少年のビルドゥングロマーンです。

『明日に架ける橋』の時代は、現代。大学の漕艇部に集う青春群像を描いています。

四篇に共通しているのは、舞台が近江である点です。さらに、一篇を除いて〈瀬田の唐橋〉が作品の一つの風景になっています。瀬田は、私が生まれたところです。

世の中には達者な筆づかいで、面白い小説を書いている人はごまんといます。特に中央の文芸誌によりながら執筆活動をしているプロの作家たちは、地方で同人誌を発表の場としている私とは、物を書く姿勢も力量も違います。

その中でどのような創作意義を見出していくのか。新しい小説の地平を拓くことなど、私にはとてもできません。やはり、足もとを愚直に掘り下げ、人々のこころに底流する水脈へ届く小説を書くことだと思っています。

登場人物に命が宿り、小説空間が立ち現れてくる歓びは、何ものにも代え難いものです。しかし、私に残された時間はそう多くはありません。何かを得ようと思えば何かを捨てなければなりません。人生の晩年に入った今、そのことを弁えながらこれからも原稿用紙に真摯に向きあっていくつもりです。

中川法夫

●初出等一覧

「笛の音」　２０１４年　滋賀県文学祭「特選」
「鬼の念仏」　２０１５年　滋賀県文学祭「滋賀県芸術祭賞」
「洗堰物語」（原題「ジャンプ」）　２０１３年「滋賀作家」第１２１～１２４号「滋賀作家賞」
「明日に架ける橋」　２０１６年「滋賀作家」第１２９号

著者略歴

中　川　法　夫（なかがわ　のりお）

1947年滋賀県生まれ。「滋賀作家」同人。「鬼の念仏」で滋賀県文学祭芸術文化祭賞。「ジャンプ」（「洗堰物語」と改題）で滋賀作家賞。

学習ボランティア「環塾」塾長。守山市図書館協議会委員。ヴォーリズ学園教育顧問。元県立高等学校校長。

現住所：〒524-0013 滋賀県守山市下之郷２丁目10-29

鬼《おに》の念仏《ねんぶつ》

2016年９月10日　発行

著　者／中《なか》　川《がわ》　法《のり》　夫《お》

発行者／岩　根　順　子

発行所／サンライズ出版
滋賀県彦根市鳥居本町655-1
☎ 0749-22-0627 〒522-0004

印刷・製本／シナノパブリッシングプレス

ISBN978-4-88325-580-1 C0093